W0395964

Bigmagouilles

Violette Lazard

Bigmagouilles

Stock

Couverture Atelier Didier Thimonier

ISBN 978-2-234-07891-8

© Éditions Stock, 2014

À Timothée et à Sarah qui aura attendu
la fin de la rédaction de ce livre
pour venir nous rencontrer

« J'admire comme on peut mentir en mettant la raison de son côté. »

Jean-Paul Sartre, La Nausée

Introduction

L'UMP, l'argent et ses chefs

Qu'est ce qu'un bon chef ? Pour Nicolas Sarkozy, la réponse est évidente et sans appel : celui qui assume ses responsabilités. C'est d'ailleurs ainsi qu'il justifie sa décision de revenir sur la scène politique en briguant la présidence de l'UMP. « Non seulement j'ai envie, mais je n'ai pas le choix, a-t-il déclaré lors d'une longue intervention sur France 2 suite à l'annonce de sa candidature, le 21 septembre 2014. Je dois rendre à mon pays ce qu'il m'a donné. » Une campagne quasiment gagnée d'avance qu'il n'aurait jamais menée sans l'affaire Bygmalion, qui a poussé son prédécesseur Jean-François Copé à la démission et laissé le parti non seulement ruiné mais aussi livré aux guérillas internes et au bord de l'implosion.

Tout au long de son mandat de président de la République, Nicolas Sarkozy a d'ailleurs décliné la définition de la responsabilité sous toutes ses formes. En septembre 2008, au plus fort de la crise financière internationale, il l'a rappelé à tous les dirigeants du monde de la finance. Les patrons, *a fortiori* quand ils sont très bien payés, ne peuvent pas se laver les mains devant les dérives de leurs entreprises et leur devoir est d'assumer les naufrages. Aux banquiers, également, Sarkozy aime à rappeler leur responsabilité dans la crise. Il les sermonne. Les convoque à l'Élysée. Un banquier en particulier à fait les frais de cette éthique de la responsabilité que Nicolas Sarkozy semblait avoir chevillée au corps tout au long de son mandat : Daniel Bouton, le directeur de la Société Générale et patron de Jérôme Kerviel – ce trader condamné pour avoir jonglé illégalement avec les milliards d'euros de la banque en 2008. Pour Nicolas Sarkozy, Daniel Bouton ne peut pas s'exonérer d'une telle dérive. Si une faute a été commise sous son règne, le dirigeant doit l'assumer et en tirer les conséquences : peu importe qu'il en ait ou non eu connaissance. Dans ce cas précis, cela signifie démissionner.

Au printemps 2014, alors que le scandale Bygmalion éclate à droite et révèle l'une des plus grandes escroqueries présumées au financement d'une campagne électorale, Nicolas Sarkozy n'a plus la même définition des attributions d'un chef… Bygma… Bygma… quoi ? Bygmalion ? Connaît pas. À tous ses visiteurs du soir comme du jour, il répète que l'affaire qui est en train de faire exploser le parti façon puzzle, ne le concerne pas. Il ne prend même pas la peine de développer des arguments, de se justifier. « Je n'ai rien à voir avec ça », lance-t-il à ses interlocuteurs qui tentent de l'avertir du danger de cette bombe à fragmentation qui ne s'arrête plus de faire des dégâts. Il y a l'escroquerie présumée. Mais le scandale ruine également l'image du parti en révélant l'envers d'un décor somptueux. Ses finances sont exsangues, mal gérées, l'UMP conclut des contrats à prix d'or avec des entreprises amies et vit au-dessus de ses moyens en entretenant ses anciens ministres comme de vieilles danseuses qui refuseraient de se retirer, avec notes de frais exorbitantes, chauffeurs, collaborateurs en pagaille...

Et tout n'a pas encore été révélé, loin de là. Ainsi ce contrat, signé entre l'UMP et Patrick Buisson en 2010, jamais dévoilé et que nous nous sommes procurés au cours de notre enquête (voir annexe 1). En octobre 2010, la société du très droitier conseiller de Nicolas Sarkozy, Publifact, signe une convention avec le parti qui prévoit de le rémunérer à hauteur de 32 000 euros mensuels pour du « conseil, reporting, commentaires sur l'évolution de l'opinion publique, préconisations, analyse de sondages ». Il s'agit du renouvellement d'un contrat qui s'élevait auparavant à 10 000 euros mensuels... La somme est donc triplée. Pourquoi ? À cette date, l'affaire des sondages de l'Élysée fait scandale et la menace d'une enquête judiciaire plane. En 2009, un rapport de la Cour des comptes avait révélé que la société de Patrick Buisson était rémunérée par l'Élysée depuis 2007 1,5 million d'euros par an pour des conseils et des sondages, sans aucun appel d'offres. Suite à la plainte d'Anticor[1], association de lutte contre la corruption, l'Élysée fait donc pression sur l'UMP pour que celle-ci prenne en charge les émoluments de Patrick Buisson... Tant pis si les sommes réclamées sont faramineuses. « La demande nous avait été faite à plusieurs reprises d'augmenter le montant de ce contrat avec Patrick Buisson, confirme Xavier Bertrand, signataire de cette convention en tant que secrétaire général de l'UMP à cette date. Nous nous y étions d'abord opposés, puis nous avions fini par accepter de le faire[2]. »

D'après l'entourage de Jean-François Copé, qui a donc hérité de ce contrat en reprenant les rênes du parti, cette convention a été reconduite jusque fin 2012, rapportant donc une somme de 860 000 euros au total à la société Publifact. Contacté, Patrick Buisson ne nous a pas répondu.

« Bygmalion, ce ne sont pas mes amis », énonce encore Nicolas Sarkozy en privé à l'un de ses lieutenants fidèles, un peu gêné de nous répéter cette phrase creuse, cet argument si léger. Lui-même hausse les sourcils, impuissant à lui faire entendre raison. Au JT de France 2, fin septembre, Nicolas Sarkozy use des mêmes arguments : « J'ai appris le nom de Bygmalion longtemps après la campagne

1. Une information judiciaire sur les sondages de l'Élysée est aujourd'hui en cours pour favoritisme et détournement de fonds publics.

2. Entretien avec l'auteur, 15 septembre 2014.

présidentielle, se défend-il. J'étais accessoirement président de la République et candidat, je vous demande de croire que ce n'est pas moi qui m'occupais de cela, même si j'assume les responsabilités. » Quelques phrases suivantes, il s'en exonère pourtant totalement : « Personne ne me reproche quoi que ce soit dans l'affaire Bygmalion. La justice est saisie, elle se prononcera. »

Les patrons de Bygmalion, ce sont effectivement les amis de l'ancien président de l'UMP Jean-François Copé, son ancien directeur de cabinet (Bastien Millot) et son ancien chef de cabinet (Guy Alves). Mais, en 2012, ce sont bien les meetings du candidat Nicolas Sarkozy qui ont été organisés par cette société de communication si proche du pouvoir en place. C'est bien parce qu'elle a travaillé pour la campagne de Sarkozy qu'une des filiales de Bygmalion en charge de l'événementiel a touché plus de 22 millions d'euros.

L'affaire Bygmalion, c'est donc aussi, et surtout, l'affaire du très probable futur président de l'UMP et de sa campagne de 2012, même s'il ne cesse de le nier. Au total, environ 18 millions d'euros auraient été siphonnés des comptes de l'UMP pour payer la deuxième course, ratée, à la présidentielle de Nicolas Sarkozy. Non seulement cette note, plus que salée, a contribué à ruiner le parti, son parti, mais c'est aussi un des plus gros scandales politico-financiers de la Ve République. Car il existe des règles : un candidat qui accède au second tour ne peut pas dépasser le plafond de 22,5 millions d'euros de dépenses.

Avec les 18 millions d'euros payés en catimini à l'entreprise Bygmalion, le candidat Sarkozy aurait donc dépensé au total 40 millions d'euros. Soit presque le double de son adversaire, le double du seuil légal. Bygma... quoi ? « Il ne s'agit pas de ma campagne, a-t-il asséné début juillet après sa mise en examen pour corruption pour une tout autre affaire. En ce qui concerne ma campagne, je le dis à tous ceux qui m'ont soutenu, il n'y a jamais eu le moindre système de double facturation. Que les 17 millions qu'on prétend dépendre de ma campagne auraient été cachés, c'est une folie. Personne, jamais, ne peut imaginer que les enquêteurs du Conseil constitutionnel ou de la Commission nationale des comptes de campagne soient passés au travers[1]. » L'argument est fallacieux. Ni le Conseil constitutionnel ni la Commission nationale des comptes de campagne n'ont jamais eu d'enquêteurs à leur service. Ces deux instances travaillent sur la base des déclarations des candidats et ne mènent aucune investigation.

Quant aux 17 millions d'euros évoqués par Nicolas Sarkozy (18 millions d'après nos calculs effectués sur la base de la comptabilité de Bygmalion), il existe des preuves que cette somme a bien servi à financer la course à l'Élysée. Ces preuves se trouvent sur une clé USB renfermant la double comptabilité des meetings de campagne du candidat UMP. On y trouve les fausses factures des meetings – celles qui ont été

1. 2 juillet 2014, Nicolas Sarkozy interviewé sur TF1 et Europe 1.

déclarées – et les vraies. (Voir annexes 2 et 3.) On y trouve également les factures bidon, révélées par *Libération* le 15 mai 2014[1] et qui ont fait exploser cette affaire. En termes de chiffres et de comptabilité, toute la tentative de malversation y est résumée. Ces documents essentiels et explosifs sont également entre les mains de la justice qui enquête depuis fin juin 2014 dans le cadre d'une information judiciaire ouverte pour « faux et usage de faux », « abus de confiance » et « tentative d'escroquerie » et qui a mené des perquisitions au siège de l'UMP et chez Bygmalion.

L'enquête menée dans ce livre repose sur de nombreux témoignages inédits qui permettent d'éclairer les arcanes de cette escroquerie présumée. Beaucoup des personnes que nous avons interrogées ont accepté de s'exprimer pour la première fois sous leur véritable identité. Certaines ont préféré garder l'anonymat, mais nous ont assuré qu'elles livreraient le même témoignage devant la justice. Tous ces témoignages convergent : au sein de Bygmalion, les salariés racontent l'histoire d'une campagne menée par l'UMP avec un amateurisme désarçonnant et un dédain affiché pour les questions financières. Une version confirmée par de nombreux proches du candidat. L'argent ? Quel argent ? Pour le candidat, traité comme le président de la République, rien d'autre n'importait que de gagner, et à n'importe quel prix. Le coût de

1. Violette Lazard, *Libération*, « Les folles factures de l'UMP », 15 mai 2014.

sa campagne, dont les meetings sont comparés par des experts de l'événementiel tantôt à des concerts de Johnny, tantôt à des grands raouts d'entreprises du CAC 40, n'a jamais été un sujet digne d'intérêt. Nicolas Sarkozy n'a eu de cesse que de réclamer le meilleur. Le plus luxueux. Le plus cher.

L'affaire Bygmalion, c'est donc l'histoire d'un parti pour qui l'argent doit couler à flots pour satisfaire les ambitions du chef. Certes, l'entreprise de communication n'a pas hésité à se servir. Mais si elle a « dépecé la bête », comme le disent plusieurs cadre de l'UMP, c'est avec son accord. Et que faisait le chef pendant ce temps-là ? Il n'était pas au courant, répètent ses plus proches lieutenants, Claude Guéant, Brice Hortefeux, ou Franck Louvrier. Le patron pourtant, c'était lui. Au-dessus du directeur de campagne, du trésorier, du directeur de campagne adjoint. Lui qui aurait dû savoir et trancher. « À quoi ça sert d'être un parti de droite si le patron n'assume pas les erreurs, s'énerve un ancien membre de la campagne de 2012. Je n'en veux pas à Bygmalion, c'est à Nicolas Sarkozy que j'en veux. Comment peut-il prétendre être de nouveau dans la course après cela et mener une nouvelle campagne présidentielle ? » De nombreux militants posent aujourd'hui la même question. Parmi eux, certains ont contribué, en 2013, au fameux « sarkothon » organisé pour rembourser la campagne de 2012 dont les comptes avaient été rejetés pour un dépassement modique au regard des sommes révélées par l'affaire Bygmalion... Ils ont donné au total 17 millions d'euros.

Qu'est-ce qu'un bon chef ? C'est aussi celui qui surveille, au quotidien, les finances de l'organisation qu'il dirige... Dans ce rôle, c'est Jean-François Copé, poussé à la démission en mai 2014 après avoir été nommé secrétaire général de l'UMP en 2010, puis élu à la présidence du parti en 2012, qui a échoué. Comme Nicolas Sarkozy, Jean-François Copé répète qu'il ne savait rien. L'exercice est plus difficile pour le maire de Meaux : son directeur de cabinet et plus proche collaborateur, Jérôme Lavrilleux, a reconnu son rôle dans l'escroquerie. L'un des dirigeants de Bygmalion, Bastien Millot, est l'un de ses visiteurs du soir préférés. D'après notre enquête, Millot a été averti en temps réel, ce qu'il nie. Jean-François Copé, étant donné sa position de patron de l'UMP, aurait dû tout savoir sur les finances de son parti. Bygma... quoi ? Après une omniprésence médiatique du temps de son mandat, Jean-François Copé a décidé de s'astreindre au silence. Ce n'est que par « correction » à l'égard de notre enquête, nous dit-il, qu'il nous rappelle en plein mois d'août pour nous livrer ses premiers mots sur cette affaire. (Voir chapitre 4.) « Ce qui me donne une grande force, c'est que je sais que je ne savais rien : c'est la force de la vérité et des faits, nous dit-il. Tous les gens de bonne foi l'ont compris. Les autres instrumentalisent cette affaire pour servir leurs intérêts. » À l'en croire, Jean-François Copé ne s'est donc jamais posé de questions, en 2012, sur les comptes désastreux de son parti et le rôle joué par l'entreprise de ses amis. Cette année-là, l'UMP va pourtant très mal. Elle affiche une dette de 100 millions d'euros. La faute en partie à l'achat du nouveau siège, en décembre 2011, pour 40 millions d'euros. Les autres dépenses auraient dû éveiller les soupçons de celui qui vient d'être élu président de l'UMP au terme d'une élection contestée : 33 millions d'euros en frais de communication, dont 22,9 millions pour les seuls « meetings et réunions ». Soit presque six fois plus que l'année précédente. Et le double du budget communication de la précédente présidentielle en 2007 (14 millions d'euros). En tant que président du parti, c'est lui qui a négocié cette année-là avec les banques la ligne de crédit autorisée... Pas besoin d'avoir le brillant CV de Jean-François Copé, Sciences-Po, l'ENA, spécialisation dans la gestion publique, pour soupçonner d'éventuelles anomalies ou au moins s'interroger.

Au-delà des responsabilités individuelles des dirigeants de l'UMP, l'opacité dans laquelle sont maintenues en France les caisses des partis politiques a également rendu ce scandale possible. Les règles doivent changer, plaide François Logerot, le président de la Commission nationale des comptes de campagne et des financements politiques (CNCCFP) que nous avons longuement rencontré. Aujourd'hui, les comptes des partis politiques sont certifiés par des commissaires aux comptes. Ces derniers ont accès en détail aux recettes, à la provenance des dons. Mais les dépenses restent plongées dans l'obscurité. Aucune loi n'oblige les partis politiques à les justifier, et personne ne peut les contrôler. L'UMP a donc pu régler 18 millions d'euros en 2012 pour des événements fictifs sans éveiller l'attention de quiconque. L'affaire Bygmalion a également permis de rappeler que ces mêmes partis politiques sont financés en partie par l'État, au prorata notamment de leurs suffrages. Un financement public censé empêcher toute corruption. En 2014, l'État à versé 63 millions d'euros d'aides aux partis politiques français, dont 18 millions à l'UMP. Avant de perdre l'Élysée, puis les législatives, le parti de droite touchait plus de 30 millions d'euros par an de subventions publiques[1].

1. Sur un montant global de 63 millions d'euros, le PS a obtenu en 2014 un peu plus de 25 millions d'euros et le Front national 5 millions d'euros. Source : *Journal officiel* du 8 février 2014.

1

La campagne de Nicolas Sarkozy, une campagne à 40 millions d'euros

> « Nous mangions de la truffe et buvions du champagne alors que nous n'avions pas gagné... »
>
> Un membre de l'équipe de campagne de Nicolas Sarkozy

Dans les têtes, l'ambiance est morose. L'entourage de Nicolas Sarkozy sait lire les sondages, il en a d'ailleurs longtemps abusé. Et en cette fin du mois d'avril 2012, à trois jours du premier tour, ils sont mauvais. Tous donnent François Hollande en avance d'au moins quatre points sur son principal rival au premier tour. Un seul, publié par i>Télé, prédit un score similaire pour les deux challengers mais tous annoncent l'échec, *in fine*, du président de la République sortant. Ce vendredi 20 avril, Nicolas Sarkozy se rend donc en meeting sur des terres favorables, à Nice, ville qui lui avait offert un de ses meilleurs scores à la présidentielle de 2007. Il faut montrer aux électeurs indécis les images d'un vainqueur devant une foule galvanisée. Pas difficile, ici, de faire plaisir aux militants : il suffit d'aborder les thèmes de l'immigration, de l'Europe et de la nation. Ce soir-là, les 10 000 militants présents exultent... mais pas le reste de la France, et ça, le président ne peut pas l'ignorer.

Dans les coulisses du palais Nikaïa, c'est pourtant un buffet de victoire qui attend le candidat et les VIP invités à trinquer avec le président à l'issue de son discours. Deux grandes tables ont été installées, l'une dans les coulisses et une autre dans la grande loge du candidat. Un ingrédient a été agrémenté à toutes les sauces : la truffe. Tous les privilégiés invités ce soir-là à cette *after* de luxe s'en souviennent, car l'une des particularités de ce champignon hors de prix, même ceux qui n'en ont jamais mangé le savent, c'est son odeur entêtante et capiteuse. « Ça sentait la truffe dans tous les couloirs, se souvient un des membres de l'équipe de campagne de Nicolas Sarkozy. Je me suis senti très gêné... Je me suis même demandé si l'odeur n'allait pas jusque dans la salle, et quelle image ça allait donner de nous. »

Des dizaines d'invités déambulent entre les bouchées de brouillade d'œufs et de spaghettis à la truffe. Les personnalités du parti et plusieurs membres du gouvernement, François Fillon, Jean-François Copé, Brice Hortefeux, sont présents. Bernadette Chirac a fait le déplacement. Quelques people, Enrico Macias ou encore Didier Barbelivien, ont également répondu présent. Du champagne, du Ruinard blanc, a été débouché pour arroser ce cocktail de luxe. « Nous sommes nombreux à avoir halluciné ce soir-là, nous mangions de la truffe et buvions du champagne alors que nous n'avions pas gagné... », commente, amer, un membre de l'équipe de campagne.

Coût de cette petite sauterie, qui a duré le temps d'un cocktail ? 5 460,90 euros, soit plus de 50 euros par tête pour un grignotage. Deux factures, jamais présentées aux comptes de campagne comme des centaines d'autres, le prouvent. L'une émane d'un traiteur local, La Toque du Midi (annexe 4), pour un montant de 2 460,90 euros. L'autre, de 3 000 euros, provient de la Petite Maison (annexe 5), le restaurant préféré de Nicolas Sarkozy à Nice et dont la propriétaire, Nicole, est la belle-mère de son avocat Thierry Herzog. Sur cette dépense, la société organisatrice du meeting Event & Cie a prélevé une marge, une grosse marge. Dans la comptabilité interne de l'entreprise on s'aperçoit que la dépense « traiteur » a été facturée à l'UMP 11 210 euros (hors taxes), soit un bénéfice pour la boîte d'événementiel de 100 % (annexe 6). Le coût officiellement déclaré par l'équipe du candidat pour ces agapes de fin de meeting à la Commission nationale des comptes de campagne ne sera pourtant que de 1 850 euros (annexe 7)... soit un mensonge de près de 10 000 euros.

« Ce jour-là, personne n'a rien dit, personne n'a moufté, commente Jérôme Lavrilleux, se rappelant ce buffet somptueux. Tous ceux qui aujourd'hui jurent haut et fort qu'ils ne savaient rien sur les dépassements des comptes de campagne, qu'ils n'ont pas compris que le train des dépenses s'était emballé, ils ont tous bouffé des pâtes à la truffe et bu du champagne. Ce soir-là, ils ne se sentaient pas gênés du tout[1]. »

Au total, pendant les trois mois de campagne présidentielle, la société Event & Cie, filiale de Bygmalion chargée de l'événementiel, va recevoir 22,5 millions d'euros pour l'organisation des meetings de Nicolas Sarkozy. Une somme astronomique destinée à rémunérer les prestataires, mais aussi la société qui ne s'est jamais privée de prélever de grosses marges sur tous ces événements politiques. Celle-ci grimpe parfois jusqu'à plus de 30 %. Sur ces 22,5 millions d'euros, seuls 4,1 ont été déclarés officiellement sur les comptes de campagne du candidat. Les 18,4 autres millions ont disparu de toute comptabilité légale. Envolés. Seule certitude : cette somme a été réglée par l'UMP et a atterri dans les caisses de Bygmalion. Où sont-ils ? Ils ne se sont pas (tous) évaporés dans les effluves de champagne et de truffe. Mais l'exemple de ce somptueux cocktail niçois illustre les errements d'une course à la victoire qui n'a jamais été contrôlée. Une partie du staff choisi par Nicolas Sarkozy a dépensé sans compter, et parfois, à le croire, sans même s'en rendre compte.

1. Entretien avec l'auteur, le 28 juillet 2014.

L'argent n'a jamais été un sujet de réflexion pour les têtes pensantes de l'élection. Le seul souci de tous semble avoir été de satisfaire et de ne jamais contrarier le candidat Sarkozy, qui, à cette date, est plus qu'un prétendant au trône. Il est avant tout le président de la République, et se conduit comme tel. À l'Élysée, il n'a jamais lésiné sur les moyens. Plusieurs prestataires, qui ont travaillé pour le président puis pour le candidat, l'ont reconnu, sous couvert d'anonymat : Nicolas Sarkozy a toujours été un bon client, réclamant le meilleur et peu regardant sur les dépenses.

Une campagne sans organisateur

« J'ai vécu une campagne non préparée, raconte un permanent de l'équipe de Nicolas Sarkozy en 2012 qui préfère rester anonyme. Tous ces débordements financiers s'expliquent par le fait que Sarko pensait que François Hollande était nul, et qu'il serait meilleur que tout le monde. Il n'avait pas prévu de machine de guerre, car il ne pensait pas qu'il faudrait se battre. Il est parti la fleur au fusil... »

Pour expliquer le dérapage incontrôlé des coûts de la campagne, beaucoup évoquent d'abord la précipitation, le manque de préparation. En 2012, Nicolas Sarkozy souhaite démarrer sa campagne très tard, le plus tard possible. Il s'inspire de François Mitterrand, qui s'était déclaré candidat à sa succession en 1988, un mois tout juste avant l'élection. Il choisit d'officialiser sa décision le 15 février, il se laisse donc deux mois pour battre celui que ses conseillers surnomme « Pépère ».

Un QG modeste, beaucoup moins bling-bling que celui de 2007 est loué au 18, rue de la Convention, dans le 15e arrondissement de Paris pour abriter l'équipe de « La France forte ». En 2007, le candidat avait choisi les anciens ateliers du couturier Paco Rabanne dans le 10e. Il n'y a pas beaucoup de place dans ce nouveau QG ? Peu importe. Les décisions stratégiques se prennent à l'Élysée, et la logistique est gérée en grande partie par l'UMP. Pour remplacer Claude Guéant, son directeur de campagne en 2007, Sarkozy choisit à la dernière minute son chef de cabinet, le préfet Guillaume Lambert qui en serait « tombé de l'armoire » selon un de ces proches. Il n'a aucune expérience, n'en a pas franchement l'envie, et ne bénéficie certainement pas de la même aura auprès du président que son prédécesseur. Jérôme Lavrilleux est nommé directeur adjoint. En choisissant le directeur de cabinet de Jean-François Copé, Sarkozy s'attire les bonnes grâces de son meilleur ennemi en interne et s'assure le soutien du parti. Mais, au sein de l'UMP, contrairement à 2007, personne n'est chargé de la logistique pour les déplacements et les meetings. Cette organisation resserrée, cette task-force, pensée pour faire des économies, produira tout le contraire.

Au mois de février, personne ne connaît précisément le nombre de meetings que va tenir le candidat. Jérôme Lavrilleux assure qu'il n'avait pas prévu de faire un tour de France de grande ampleur. D'après lui, Nicolas Sarkozy avait évoqué le chiffre de quatre gros meetings accompagnés d'une dizaine de réunions publiques plus modestes. D'autres assurent que trente meetings avaient été programmés dès le départ. Au total, Nicolas Sarkozy tiendra finalement quarante-trois meetings aux quatre coins de la France entre le 16 février (Annecy) et le 4 mai (Les Sables-d'Olonne). « Il y a eu une accélération du rythme de la campagne par rapport à ce qui avait été prévu, c'est très clair, commente un membre de la garde rapprochée de l'ancien président. Les sondages ont toujours été très mauvais, Sarkozy partait de très loin, il a été obligé de faire une campagne de challenger. Il a voulu mobiliser, aller chercher des électeurs partout. La stratégie était d'occuper le terrain et donc de multiplier les meetings. »

Dès le début, pourtant, l'absence d'organisation se fait sentir. « Pour le premier meeting, pour Annecy, j'ai été prévenu quatre jours avant par Patrick Buisson », se souvient Lavrilleux. L'idéologue maurassien fait partie de cette équipe de pilotage stratégique de la campagne, qui se réunit tous les soirs à 19 heures à l'Élysée en présence de Guillaume Lambert, Franck Louvrier (communication), Pierre Giacometti (sondages), Xavier Musca (secrétaire général de l'Élysée), Henri Guaino (discours), et Jean-Michel Goudard (publicité). C'est là que se décide le rythme des réunions publiques. « Naturellement, explique Lavrilleux qui ne participe pas à ces réunions, il fait appel à Event & Cie, la filiale de Bygmalion chargée de l'événementiel. Parce qu'ils sont là, parce que Louvrier n'a personne d'autre sous la main », se justifie-t-il. En fait, Bygmalion travaille pour l'UMP depuis deux ans, depuis l'arrivée de Jean-François Copé comme secrétaire général du parti, au détriment de toutes les autres agences de conseil. Elles ont toutes été remerciées plus ou moins gentiment, par le même Jérôme Lavrilleux, directeur de cabinet de Jean-François Copé. Il n'y a plus qu'eux, les amis de l'équipe dirigeante de l'UMP, dans le paysage.

Le premier meeting de la campagne – Annecy a été choisie par Nicolas Sarkozy, pour rendre hommage au maire de la ville voisine Annecy-le-Vieux et président de l'Assemblée nationale Bernard Accoyer – se passe bien. Deux jours plus tard, le 19 février, Event & Cie organise le deuxième meeting à Marseille. Le premier couac arrive dans la foulée, fin février, quand les factures sont présentées à l'équipe de campagne. D'après notre enquête, ce sont les « vraies » factures, celles qui n'ont jamais été déclarées officiellement, qui atterrissent entre les mains de Guillaume Lambert. Celle de 253 000 euros pour le meeting d'Annecy du 16 février et de 770 677 euros pour celui de Marseille du 19 février. Coup de sang de Guillaume Lambert face à ces sommes exorbitantes, coup de gueule de Franck Louvrier. Un cadre de Bygmalion nous confirme la tenue d'une explication musclée… « Ils ont trouvé que c'était trop cher, que la prestation était trop *show off*, admet-il. Mais nous n'avions pas reçu de cahier des charges à cette date… C'était pour le président, on a livré des prestations qui nous semblaient être à la hauteur. On s'est ajusté par la suite. »

Il semble que Guillaume Lambert aura beaucoup de mal à expliquer aux enquêteurs de l'affaire Bygmalion pourquoi il a fourni à la Commission nationale des comptes de campagne des factures de 69 000 euros (Annecy) et 100 000 euros (Marseille) pour ces deux événements alors qu'il en connaissait le coût réel. En tout cas, il a refusé d'éclairer notre lanterne sur le sujet. D'après l'un de ses proches, il aurait réussi à faire baisser la facture, en la divisant par sept, en assurant à Event que leur entreprise organiserait la totalité des meetings... un talent de négociateur hors pair ! Pour Franck Louvrier, les prestations d'Event sont bien trop chères. Il décide donc de faire jouer la concurrence, et appelle l'agence Publics qui a déjà collaboré avec l'UMP à de nombreuses reprises... Mais Lavrilleux voit rouge. Il menace de quitter le navire si Bygmalion est écarté. Publics ne sera donc mis à contribution que pour les trois grands raouts parisiens (Villepinte, Trocadéro, Concorde). Leur marge est parfois moins élevée que celle d'Event... et est parfois la même. L'entrée en piste de cette nouvelle agence ne permettra donc pas de faire baisser les prix significativement. Certaines factures de cette agence, dont nous avons obtenu toutes les copies, n'ont même pas été présentées dans les comptes de campagne de Sarkozy... ce qui a attiré l'attention de la justice. Ont-elles été également masquées pour que les comptes n'explosent pas les seuils autorisés ? Dans le cadre de l'enquête judiciaire menée sur Bygmalion, l'agence Publics est en tout cas dans le viseur des juges, et des perquisitions se sont déroulées dans ses locaux parisiens au début de l'été.

Une campagne à 40 millions d'euros… Est-il seulement possible de dépenser une telle somme en moins de trois mois ? Les sarkozystes ne peuvent pas y croire. Les cadres de l'UMP tentent de se remémorer les meetings qui se sont déroulés dans leurs villes, interrogent les responsables des salles municipales, et jurent qu'une telle addition est impossible. Et pourtant. Il est difficile et laborieux de surveiller un budget, et d'en tenir les comptes jour après jour. Il est beaucoup plus facile et rapide de le laisser filer. Inexorablement, la gabegie va donc devenir la routine car personne ne contrôle rien. Parmi ceux qui pensent le faire, tous n'ont pas eu les bonnes informations et les bonnes factures. La faute à qui ? L'UMP et Bygmalion se renvoient la balle. « Il n'y a jamais eu de réunion avec l'UMP au cours de laquelle le parti nous aurait commandé trente, trente-cinq ou même quarante meetings, explique un responsable d'Event & Cie. Dans notre activité, on peut négocier d'un coup un package de trente événements, et faire baisser notre prix. Avec l'UMP, on avait l'impression que l'argent n'était pas un problème… que le sujet était dérisoire. » Pour le grand meeting de Villepinte, par exemple (500 000 euros déclarés, 3 millions d'euros dépensés d'après les vraies factures des agences Publics et Event & Cie, voir annexe 8-1 et 8-2), un cadre d'Event se souvient d'avoir eu le top départ moins de dix jours avant. « Nous n'étions même pas sûrs de pouvoir tenir les délais, explique-t-il. Pour les autres meetings, c'était pire : les dates et lieux étaient connus au mieux cinq jours avant, au pire la veille de l'opé. »

Loges de luxe, drapeaux en pagaille et autres demandes saugrenues

À ces délais intenables viennent s'ajouter des demandes non prévues, parfois saugrenues et toujours plus coûteuses. Lors du meeting de Villepinte, le 11 mars 2012, par exemple, celui-là même qui a valu à Nicolas Sarkozy de se faire retoquer ses comptes (la commission avait estimé que la totalité du coût de l'événement aurait dû être déclarée, le clan Sarkozy pensait, lui, que la tenue d'un conseil national le matin les autorisait à en faire payer la moitié par l'UMP), des loges de luxe sont installées. « Ce n'était même pas des loges, mais un appartement, se souvient Jérôme Lavrilleux. Il y avait quatre pièces avec un bureau, une salle de réception, des toilettes, une salle de bains et une sorte d'antichambre pour faire patienter les visiteurs. » Dans la salle, avant l'entrée en piste de Nicolas Sarkozy, 70 000 personnes scandent son nom. Mais il n'entend rien car les loges ont été entièrement insonorisées. « Pour pouvoir se concentrer, Sarko a demandé à ce qu'on éteigne la télé dont le bruit le gênait », se rappelle un proche. « Parmi les personnes qui connaissaient les coûts de ces prestations, aucune n'a osé lui dire qu'on ne pourrait pas tenir ce standing de président pendant la campagne », ajoute Lavrilleux.

À Lyon[1], le 17 mars 2012, 8 000 euros sont facturés pour les seules loges du candidat, où il ne passe que quelques minutes avant le show, et où il ne revient parfois que pour poser quelques affaires ou prendre une douche. La facture émise ce jour-là par GL Events, entreprise spécialisée dans la location de matériel d'événementiel totalement indépendante d'Event & Cie, détaille la prestation. Des cloisons sont installées pour permettre au « PR » (le président de la République) de circuler en coulisse sans être vu (un peu plus de 1 000 euros), de la moquette « bleu roi » est installée par terre (1 000 euros) et la loge est meublée de tables, canapés et fauteuils (1 000 euros). Toujours à Lyon, comme dans quasiment toutes les villes où Nicolas Sarkozy a organisé des meetings, des « sanitaires PR » sont installés *ex nihilo*. Coût des toilettes pour chaque meeting : 1 250 euros hors taxes. La location de tables, chaises, et canapés de luxe, pour des événements qui ne durent pourtant jamais plus de deux heures, douche du président comprise, est aussi une constante. Au théâtre de Longjumeau[2] par exemple, le 24 avril 2012, pas moins de trente tables, d'1,75 m de large, choisies dans la gamme Hermès du catalogue de la société GL events, qui n'est pas

---

1. Coût déclaré du meeting : 106 106 euros. Coût réel : 554 606 euros.
2. Coût déclaré du meeting : 69 761 euros. Coût réel : 251 054 euros.

la gamme la moins chère, ont été louées. Le prix : 1 350 euros pour la soirée.

Les cadres d'Event ont-ils fait du zèle ? Ont-ils cherché à louer le matériel le plus cher pour pouvoir augmenter leur marge ? « Tout ce que nous avons installé nous avait été commandé », s'énerve un membre d'Event & Cie. L'équipe Sarkozy, elle, assure n'avoir jamais rien demandé d'aussi luxueux. L'amnésie qui gagne certains cadres du parti au printemps 2014, alors que les vraies factures des meetings sortent dans la presse, est parfois difficilement crédible[1]… Ainsi, Éric Ciotti, invité le 24 juin 2014 pour la matinale de France Inter de Patrick Cohen, ne se souvient, pour le meeting de Nice, que de la présence d'un seul écran… Le président du conseil général des Alpes-Maritimes n'a « rien perçu d'ostentatoire » ce jour-là. Le budget vidéo a pourtant été de 124 000 euros. Il suffit d'un rapide coup d'œil aux clichés parus le lendemain dans la presse locale et nationale pour constater que des écrans de toutes tailles ont été disséminés partout dans la salle. Un écran géant a même été installé à l'extérieur.

Les centaines de factures émanant de prestataires autres que ceux déjà cités ayant travaillé pour la campagne prouvent la frénésie des dépenses. Sur les images, le président veut des drapeaux français. Des grands,

1. Fabrice Arfi et Mathilde Mathieu, « La comptabilité complète de Bygmalion », *Médiapart*, 17 juin 2014 et Violette Lazard, « Affaire Bygmalion : les vraies factures de Sarkozy », *Libération*, 23 juin 2014.

qui claquent au vent, et de plus petits pour les militants installés devant la scène. Personne ne doit applaudir les mains vides. Qu'à cela ne tienne... des commandes sont lancées. En avril 2012, en à peine une semaine, selon trois factures émises par la société Overtime, 65 000 drapeaux ont été commandés. Montant de la dépense : 42 964 euros. Lors du conseil national extraordinaire de l'UMP qui s'est tenu à Villepinte, on paie pour 44 000 euros de drapeaux. À la Concorde, un mois plus tard, le 15 avril, la démesure bat toujours son plein. On commande 12 000 euros de drapeaux. Pour cette manifestation facturée 1,8 million par Event & Cie (dont seuls 179 389 euros ont été déclarés sur les comptes de campagne), l'enveloppe consacrée aux fanions tricolores n'a pas été la plus importante. *Via* Event & Cie, l'UMP a ainsi réglé à la société Jaulin, spécialisée dans les locations en tous genres, pour 112 000 euros de « bâtiments et structures » dont de grandes tentes blanches en toile et 77 338 euros pour une « couverture de scène » destinée à protéger le candidat en cas de pluie. Et a dépensé 90 000 euros... rien que pour assurer la sécurité de l'événement. Lors de ce raout de la démesure, un écran géant extérieur est payé 20 000 euros à la société Lumière & Son Paris, qui se vante sur son site d'avoir organisé « le centenaire de la tour Eiffel », des « défilés de mode » ou « le village médias de la coupe du monde de football ». Les factures montrent que 10 000 euros de barrières Vauban « habillées » ont été commandées. Pourquoi habiller des barrières ? Parce que, dans l'équipe de Sarkozy, on trouve que le métal est trop « clivant ». « Quand le président cheminait vers la scène, par exemple, ces barrières donnaient l'impression qu'il était coupé de la foule », raconte un membre de l'équipe. On demande alors à l'organisateur des meetings de les recouvrir de tissu ou de moquette bleus... Cet artifice est visible sur de nombreux clichés pris pendant la campagne. Il a un coût.

Mais ce qui fera définitivement sombrer les comptes de campagne dans le rouge, ce sont les dépenses de vidéo, de son et de lumière. En fonction des meetings, ces postes représentent entre 50 et 60 % de la facture totale. À Bordeaux[1], par exemple, le 3 mars 2012, la facture de la vidéo payée à la société Leni s'élève à 97 402 euros, soit quasiment l'équivalent du prix global tel qu'il a été déclaré aux comptes de campagne (100 233 euros). Pour le son et la lumière, elle s'élève à 133 364 euros. Les clichés parus dans la presse le lendemain montrent une salle comble, envahie par les écrans. Ils sont partout. Sur les côtés de la scène. Dans les coulisses. À l'extérieur. Et même au milieu de la salle, accrochés à des mâts. Ces écrans retransmettent des images de foule. « Au milieu de la foule, il fallait donner l'impression qu'il y avait encore plus de foule », soupire un membre de la communication de l'équipe de campagne. Même quand il n'y a personne dehors, il y a parfois un écran géant hors de prix qui retransmet les images. Lors du meeting sur l'île

1. Coût déclaré du meeting : 100 233 euros. Coût réel : 605 431 euros.

de la Réunion, le 4 avril 2012, une sorte de plafond lumineux est installé. Le matériel a été transporté en avion… depuis Paris. Qui a commandé de telles prestations par nature hors de prix ? « La décision a été collégiale, répond un des responsables de Bygmalion. Ceux qui venaient de l'Élysée ne lésinaient pas sur la qualité des dispositifs pour un rendu optimum et ceux de l'UMP tenaient à faire au mieux pour répondre à la demande. » Pourquoi personne ne semble avoir voulu freiné ces dépenses ? Au printemps 2012, une seule chose inquiète l'équipe de campagne : perdre les élections. Pour les gagner, tous les moyens sont bons et les meetings font partie des atouts de Nicolas Sarkozy. Mais des meetings sans images ne servent à rien… C'était déjà vrai en 2002, puis en 2007. En 2012, avec le développement des chaînes d'info continue, c'est devenu le graal. « On a un meeting qui commence à 18 h 50, explique, pédagogue, l'un des membres de la campagne chargé de la communication. Le candidat finit de parler à 19 h 25, et notre but c'est qu'une séquence soit reprise pour les 20 heures et dans les éditions du soir des chaînes d'information continue. Le délai est trop court pour le montage. Nous proposons donc aux chaînes un signal utilisable tel quel. » Autrement dit, toutes les images diffusées sur les télévisions sont fournies par les équipes du candidat. Si un reporter se déplace, il ne pourra pas filmer correctement le président-candidat, car le bon angle, celui de face, est réservé à l'équipe de vidéo interne. La campagne 2012 de Sarkozy peut donc être comparée à un studio de télévision itinérant. Sauf qu'il n'y a pas de pub pendant les pauses pour financer cette émission et que personne n'achète de billets pour la voir.

Nicolas Sarkozy a-t-il pu ignorer, à dessein, les dérives financières qui s'étalaient sous ses yeux ? On ne parle pas à un candidat en campagne de problèmes financiers, répète en chœur son entourage… « Il ne se sent pas concerné par cette affaire, confirme Claude Guéant, son ex-directeur de campagne. Il fait confiance aux gens avec qui il travaille[1]. » L'ancien secrétaire général de l'Élysée, surnommé « le Cardinal », ne veut pas croire que les proches du candidat lui aient caché de telles dérives financières. « Évidemment, il y a des choses qu'il ne préfère pas entendre, mais il est capable de se ranger à tous les arguments raisonnables. N'importe qui peut lui dire n'importe quoi : cela ne veut pas dire qu'il va bien réagir. Mais, il est capable d'entendre. Et il n'a jamais eu la moindre information à ce sujet. » L'ancien président de la République est pourtant un véritable showman… Une anecdote, racontée par deux journalistes ayant suivis sa campagne le prouve. Le 14 mars 2012, Nicolas Sarkozy est l'invité d'Europe 1. Après l'émission, il s'entretient avec la direction de la station, Nicolas Canteloup, Nikos Aliagas et Jean-Pierre Elkabbach. Ils évoquent le meeting de Villepinte et Sarkozy joue à la bête de scène. « J'ai toujours un retour son, je suis aussi équipé d'une oreillette, ainsi je peux jouer avec la salle, explique-t-il

1. Entretien avec l'auteur, 15 juillet 2014.

à son auditoire. Quand vous vous retrouvez devant une marée humaine, c'est important, c'est vous qui rythmez tout. Les applaudissements, les pauses... Et ces meetings, tous les meetings sont faits pour la télé, les chaînes d'information qui diffusent, il ne doit pas y avoir trop de blancs, d'applaudissements trop longs... C'est vous qui tenez le meeting. » Le président n'a-t-il vraiment rien vu venir ? Tout cet équipement vidéo de luxe lui a-t-il été fourni sans qu'il ne demande rien ? Difficile à croire. Surtout que le candidat a pris soin de scruter la performance scénique de son principal adversaire... Et il est formel : le meilleur, c'est lui. Il feint même devant ses interlocuteurs de plaindre François Hollande qui « s'égosille ». « S'il continue comme ça, il n'aura vraiment plus de voix. Il n'a qu'à se faire installer un retour son[1]. »

1. Stéphane Grand et Arnaud Leparmentier, *Nicolas Sarkozy, les coulisses d'une défaite*, 2012, L'Archipel.

2

Bygmalion et l'argent de l'UMP

« Pour brasser autant d'argent et ne pas en gagner, il faut être soit une bande de voyous, soit une bande de nuls. »

Un spécialiste du conseil politique

La société Bygmalion a-t-elle été créée en 2008 pour servir de boîte à cash à l'UMP ? A-t-elle été utilisée pour récolter puis conserver le trésor de guerre de Jean-François Copé en vue de ses futures campagnes, dont celle tant convoitée à la présidence de la République ? A-t-elle servi, au passage, à enrichir à millions ses fondateurs et ses salariés, recrutés bien souvent dans un cercle politique très proche de celui de l'ancien patron du parti ? La création de cette agence de communication et le pedigree de ses deux patrons, deux anciens très proches de Jean-François Copé – son ancien chef de cabinet Guy Alves et son ancien directeur de cabinet Bastien Millot –, ont fait naître de nombreux fantasmes autour de son berceau. Certains se sont révélés fondés. Oui, la boîte a été favorisée, parfois de façon indécente, par Jean-François Copé, qui sera successivement patron du groupe UMP à l'Assemblée nationale, secrétaire général puis président du principal parti d'opposition. Le nombre des contrats et la quasi-exclusivité de la relation entre le parti et la société le prouvent. Le parti de droite a multiplié les marchés, aux intitulés parfois obscurs, sans jamais négocier les prix ni regarder à la dépense. De l'aveu même de l'un des deux patrons, Guy Alves, la société « amie » a ensuite aidé le parti à maquiller les comptes de campagne de Sarkozy en 2012. On ne mord pas la main qui vous nourrit... D'autres allégations pourraient néanmoins rester à l'état de chimères. Car, lorsqu'on regarde les comptes dans leur globalité, la société Bygmalion n'est finalement pas la pompe à fric que certains décrivent. Entre 2008 et 2014, le groupe et ses filiales ont brassé de l'argent, des dizaines de millions d'euros. Mais la gestion désastreuse de l'entreprise qui a employé jusqu'à cinquante personnes n'a, officiellement, jamais permis de faire remonter le moindre euro de dividende à ses actionnaires. D'après plusieurs sources, un contrôle fiscal de l'entreprise, mené en 2013, n'avait pas non plus révélé de sorties de cash inexpliquées ou d'irrégularités comptables.

Naissance de Bygmalion

L'homme qui est à l'origine de la création de cette entreprise en 2008 est Guy Alves. À cette date, il a déjà quitté la politique depuis deux ans. Après avoir passé neuf années aux côtés de Jean-François Copé à Meaux puis dans les ministères dont celui-ci avait la charge en tant que chef de cabinet, ce jeune diplômé en droit et en lettres est lassé de gérer les agendas du patron. Il est lassé aussi de la parano qui règne dans les couloirs du pouvoir, des coups bas et de ce travail qui exige une disponibilité le jour, la nuit, le week-end et pendant les vacances. Contrairement à de nombreux collaborateurs d'élus, son ambition n'est pas de l'être un jour. Alors il regarde ailleurs. En 2006, il finit par rejoindre la société de gestion et de conseil à l'investissement Centuria Capital, comme directeur du développement et des partenariats public-privé. « Je voulais mieux comprendre l'économie et le financement d'une boîte, avoir une expérience dans le privé et dans la finance[1] », se souvient Guy Alves huit ans plus tard. À plus ou moins long terme, son projet est de créer sa propre entreprise. L'opportunité se présente quand il reçoit un mandat pour vendre la société de conseil Ideepole, créée par le communicant Patrick Dray. L'idée de se porter acquéreur le tente et il en parle incidemment à Bastien Millot, son ancien camarade de ministère. À cette époque, Millot est le numéro

1. Entretien avec l'auteur, 10 juin 2014.

trois de France Télévisions, après avoir été le directeur de cabinet de Jean-François Copé pendant plus de dix ans. Mais les deux hommes n'ont pas un sou. Guy Alves entame la tournée des investisseurs. « J'ai imaginé une histoire, pour présenter un plan de développement. D'après mon projet, l'entreprise devait être valorisée et valoir 5 millions d'euros cinq années plus tard. J'ai trouvé une cinquantaine d'investisseurs prêts à investir entre 50 000 et 400 000 euros. »

Avec ce plan d'investissement en poche, Guy Alves va voir Emmanuel Limido, son patron de l'époque, pour lui annoncer son départ... Le projet attire l'attention de ce banquier d'affaires qui a recruté Alves deux ans auparavant. Quand il se souvient de ses discussions avec son ancien employé, ce dernier sourit. Il n'a jamais eu la preuve que les cinquante investisseurs dont parle Alves ont un jour existé. Mais tant pis. *Business is business*. Et si le futur chef d'entreprise a été assez persuasif pour faire avaler l'histoire à son ancien patron, c'est qu'il est bon. « Ces investisseurs, je ne les ai jamais vus... mais ça m'intéressait, alors j'ai été ok pour le financer, raconte Emmanuel Limido, avec qui nous nous sommes entretenus longuement sur la vie et la mort du projet qu'il a contribué à faire naître. Avec Guy, nous nous étions mis d'accord pour baisser significativement la part des clients "publics", comme les collectivités. Nous étions aussi convenus de les diversifier, c'est-à-dire de travailler avec tous les partis, avec toutes les couleurs politiques. Et, évidemment, de prospecter vers le privé[1]. » Des vœux qui resteront pieux : Bygmalion n'a jamais travaillé avec le PS et n'a jamais percé dans le privé. Pour se garder une porte de sortie, Limido investit d'abord sous la forme d'obligations convertibles. Ce processus lui permet de ne pas apparaître nommément pendant les premières années d'existence de la société. Finalement, il restera et deviendra un actionnaire « visible. »

Mais Limido le crie haut et fort : il n'a pas investi dans ce projet par militantisme politique. Non, il n'a pas été le porteur de valise de l'UMP *via* sa holding personnelle PLP (Paris Luxembourg Participations). Comment aurait-il pu ? Aucun dividende ne lui a jamais été versé pendant les six années d'existence de Bygmalion. « Je n'ai aucune sensibilité politique, je ne suis pas encarté à l'UMP, je ne connais pas ces gens-là, affirme-t-il. Je n'ai fait que croiser Jean-François Copé, trois ou quatre fois. » Personne ne se rappelle avoir vu l'homme d'affaires traîner ses guêtres dans les couloirs de l'UMP... Alors pourquoi avoir investi dans ce qui ressemblera bientôt à une succursale du parti ? « Guy Alves avait toutes les qualités pour devenir un bon entrepreneur, se justifie Limido. Il avait des idées et de l'envie, il était dynamique. » Et il n'est pas tout seul. Vu de l'extérieur, l'attelage Millot-Alves est attrayant pour d'éventuels investisseurs. « J'ai pensé qu'ils avaient envie, ils étaient complémentaires, tout

1. Entretien avec l'auteur, 26 juin 2014.

était réuni pour que ça marche », poursuit Limido. Il investit donc 1,5 million d'euros dans le projet et devient actionnaire à 40 %. Le reste de Bygmalion appartient à Guy Alves (23, 5 %) et Bastien Millot (23,5 %). Ils n'apportent quasiment pas d'argent (18 500 euros chacun) mais leur projet est suffisamment vendeur et attrayant pour que le principal investisseur accepte de leur laisser à eux deux un nombre de parts majoritaires. Quelques actions sont enfin prises par Agregator Capital, un fonds d'investissement dans les PME (300 000 euros). Et comme le compte n'y est pas encore, Patrick Dray, vieux briscard de la communication politique, dont la société a toujours travaillé avec la droite, le RPR puis l'UMP, garde 10 % de son ancienne boîte. Il laisse quasiment tous ses clients aux nouveaux patrons, sauf les plus fidèles. La liste de ces derniers est secrète mais parmi eux se trouvent l'ancien Premier ministre François Fillon, ainsi que Valérie Pécresse. Bref, pas vraiment des amis de Jean-François Copé.

Des patrons plus politiques qu'entrepreneurs

Des deux nouveaux patrons de Bygmalion, Bastien Millot, quarante-deux ans, a toujours été de loin le plus proche du maire de Meaux. Aujourd'hui devenu avocat à Marseille, Millot assure que les liens avec son ancien mentor ne se sont pas rompus depuis son départ dans le Sud à l'été 2013, mais que leurs chemins se sont progressivement écartés. Ils se voyaient moins, déjà, avant que le scandale n'éclate. Ils ne se seraient vus qu'une seule fois depuis. Pendant des années, Bastien Millot a en tout cas appartenu au petit cercle très rapproché du futur président de l'UMP. Toutes les semaines, il dîne avec lui, son ami Grégoire Chertok, associé gérant au sein de la banque Rothschild, et Jérôme Lavrilleux. Ils se voient le week-end, passent des heures au téléphone. En 2005, Jean-François Copé laisse même Bastien Millot, puis Jérôme Lavrilleux, occuper son appartement privé pendant quelques mois. Le ministre du Budget préfère, lui, s'installer dans un 240 m^2 loué par l'État. Les deux hommes sont quasi inséparables depuis qu'ils se sont rencontrés dans un amphi de Sciences-Po, rue des Saints-Pères au début des années 1990. Jean-François Copé, énarque, est alors maître de conférences en économie, totalement inconnu. Bastien Millot, petit-fils d'agriculteurs picards, fils d'un chauffeur routier et d'une mère employée à La Redoute, fait partie de ses élèves. Il n'est pas le meilleur de sa classe, raconte la légende qui s'est tissée autour de la rencontre entre les deux hommes, mais une forte amitié naît entre eux. La politique les passionne. L'ambition les réunit. Quand Jean-François Copé remporte la mairie de Meaux en 1995, il fait appel à Millot, vingt-trois ans, pour devenir son directeur de cabinet. Il va le suivre pendant dix ans, puis deviendra un de ses visiteurs du soir les plus influents. À la tête de Bygmalion, Bastien Millot n'hésite jamais à faire valoir cette proximité à ceux qui pourraient l'ignorer. Son réseau est sa carte de visite, son principal argument de vente.

Au contraire, Guy Alves, quarante-deux ans, n'a jamais été un ami de Jean-François Copé. « Il a été mon patron, pas mon ami, nous assure Alves. J'ai bossé avec lui pendant neuf ans, il m'a donné des postes que personne ne m'a jamais confiés, je lui en serai toujours reconnaissant. En échange, j'ai travaillé comme un chien. » En 1997, il décroche le poste de chef de cabinet de Jean-François Copé à Meaux grâce à Bastien Millot, qui est à l'époque une simple connaissance. Alves a déjà une petite expérience professionnelle auprès d'élus, à l'Assemblée nationale et à la mairie d'Albi. Pendant les neuf années passées auprès de Jean-François Copé, comme le confirment les collaborateurs du maire de Meaux, Guy Alves n'a jamais rejoint la cour des fidèles, celle qui dîne avec le patron. Pendant les discours de Jean-François Copé, il sort fumer sa clope. Refuse d'ergoter pendant des heures sur la couleur choisie pour décorer le fond de scène des meetings. Quand il rêvait, sur les bancs de la fac d'Assas, de devenir assistant parlementaire, Guy Alves n'avait pas de conscience politique très affirmée même s'il s'est toujours senti chiraquien... Pourquoi s'être orienté définitivement vers la droite ? Parce que, en 1995, les députés du RPR sont les plus nombreux à l'Assemblée nationale. « Depuis mon départ de son cabinet, je n'ai revu Jean-François Copé que lors d'événements officiels, pas en tête à tête », explique l'intéressé.

S'ils n'occupaient pas la même place aux côtés de leur ancien patron, Bastien Millot et Guy Alves décident de se mettre sur un pied d'égalité quand ils créent la société Bygmalion. Le premier symbole en est la présidence tournante du groupe. Une année sur deux, l'un est président, et l'autre directeur général. Ils sont censés prendre toutes les décisions de concert. En réalité, Bastien Millot aime à s'afficher comme le vrai boss. Pendant les cinq années que durera l'aventure, d'après des sources internes à l'entreprise, Millot ne cesse de vouloir se payer plus que son coéquipier, *via* des primes... Et, d'après nos informations, la liquidation judiciaire de l'entreprise en juillet 2014 montre que les revenus déclarés par Bastien Millot à la fin de chaque année étaient nettement supérieurs à ceux de son associé... qui en est tombé des nues. Millot jure pourtant avoir toujours été payé exactement pareil que Guy Alves, soit environ 15 000 euros brut par mois, une rémunération qui n'aurait jamais varié.

Depuis la révélation du scandale des fausses factures, et plus encore depuis la liquidation judiciaire de l'entreprise, les deux associés ne se parlent plus que par avocats interposés. La guerre est discrète, ni l'un ni l'autre ne souhaite l'étaler au grand jour, mais elle fait rage. Un épisode illustre la lutte qui s'annonce entre les deux hommes... Il concerne l'un des contrats passés en 2013 avec le groupe UMP de l'Assemblée nationale dirigé alors par Christian Jacob, l'un des plus fructueux : les bilans de mi-mandat personnalisés des cent quatre-vingts députés de droite. Jusqu'en mars 2013, cette mission est effectuée par Bygmalion. Alors qu'il s'apprête à quitter l'entreprise, Bastien Millot la transfère pourtant à sa boîte de conseil personnel, BM Consulting (comme Bastien Millot Consulting). Le marché est juteux : 17 000 euros hors taxes par mois jusqu'en janvier 2015. A-t-il prévenu Guy Alves de ce transfert ? Ce dernier affirme qu'il l'ignorait et avoir tout appris par la presse pendant l'été 2014. Une lettre de Christian Jacob lui avait déjà mis la puce à l'oreille quelques semaines auparavant. Distrait, ou peu rigoureux, le patron des députés UMP avait écrit un courrier pour Bastien Millot... à l'adresse de Bygmalion. Mais Bastien Millot conteste avoir volé en catimini un contrat à son ancienne entreprise. « J'ai averti les actionnaires de Bygmalion, en ouverture de l'assemblée générale de l'entreprise du 20 juin 2013, que je continuerai à effectuer des missions pour le compte de l'entreprise ou à titre personnel et notamment le suivi des bilans de mi-mandat des députés, jure Bastien Millot. Guy Alves et moi-même avons signé, le 2 septembre 2013, une convention de mission concernant le suivi du groupe UMP[1]. » Alves se souvient en effet d'avoir signé un papier en septembre, mais pas de cette nature. Alves fait également remarquer que le transfert du contrat a eu lieu en mars 2013... soit bien avant l'assemblée générale de Bygmalion. En juillet 2014, Christian Jacob vient ajouter son grain de sel dans l'histoire, en demandant le remboursement

1. Entretien avec l'auteur, 21 août 2014.

des sommes déjà versées, soit 298 000 euros (voir annexe 9). L'élu de Seine-et-Marne estime donc que la poursuite de la « collaboration » du groupe UMP avec Bastien Millot risquerait « d'atteindre l'image des députés ». Quel euphémisme... À cette date, la simple évocation d'un contrat passé avec Bygmalion déchaîne tous les soupçons. Mais trop tard. Bastien Millot ne compte pas rembourser un seul centime. « Tout était prêt, le travail de documentation, les cartographies, les maquettes étaient largement avancés, explique-t-il. Le directeur de cabinet de Christian Jacob à l'Assemblée, Olivier Lavenka, était parfaitement au courant de ce contrat et Christian Jacob signait les chèques de 17 000 euros tous les mois. » Ils pourront donc difficilement faire valoir leur droit à être remboursés...

Quand on ouvre aujourd'hui le grand livre de comptes de Bygmalion, les chiffres donnent le tournis. Tous les clients sont fortunés, les contrats mirobolants et sans cesse reconduits malgré des prix totalement délirants, comme l'a révélé *Le Canard enchaîné* au mois de juin 2014. Les liens avec l'UMP, bien sûr, sont plus que fructueux. Pour ne citer que lui, le groupe UMP de l'Assemblée nationale a versé au total, un peu plus de 5 millions d'euros à la société Bygmalion entre 2008 et 2013. Les clients privés se pressent également au portillon. Veolia paie 180 000 euros en 2013, pour un contrat de « veille internet ». EDF a versé 637 000 euros. Et pourtant, officiellement, quand on examine la comptabilité du groupe, le chiffre d'affaires et les bénéfices, l'entreprise ne s'est jamais bien portée. En 2009 et 2010, ses résultats nets dépassent à peine les 30 000 euros. En 2012, année où Bygmalion aurait dû faire fortune avec la campagne de Nicolas Sarkozy, elle affiche même un déficit de plus d'un million d'euros. Avant sa liquidation judiciaire en juillet 2014, elle n'aura jamais rapporté de dividendes à ses actionnaires. Les enquêteurs de la lutte anticorruption cherchent à savoir si l'argent n'a pas pu s'échapper par d'autres issues de secours.

Même sans l'affaire des fausses factures, qui a fait perdre à la société tous ses clients les uns après les autres, le groupe Bygmalion n'allait pas bien. « Pour brasser autant d'argent et ne pas en gagner, il faut être soit une bande de voyous, soit une bande de nuls », juge froidement un spécialiste du conseil politique, qui a côtoyé les gérants de Bygmalion. D'après de nombreux anciens salariés de l'entreprise, dont certains ont occupé des postes à haute responsabilité, c'est la seconde thèse qui est la bonne : les patrons étaient inexpérimentés ou incompétents. Ces salariés ont souvent préféré partir, vite. D'autres sont restés et ont coulé en même temps que le navire amiral. Nous avons rencontré un certain nombre d'entre eux, longuement et à plusieurs reprises. Ils nous ont montré pour certains des éléments de comptabilité de la boîte pour prouver leurs dires. D'autres ont fait appel à leur mémoire, et à leurs souvenirs (cuisants, souvent) de leur passage chez Bygmalion. Pour retrouver un emploi, ou parce qu'ils sont déjà aujourd'hui embauchés dans d'autres structures, tous ont tenu à rester anonymes.

« C'est simple : Millot et Alves ont confondu une entreprise avec un ministère, confie l'un de leurs anciens employés, pour expliquer la mauvaise santé financière de Bygmalion. Dans le monde privé, dans le monde réel, il ne suffit pas de vouloir et de donner des ordres pour que tout se réalise, et l'argent ne suit pas automatiquement. » Preuve, selon lui, de la mauvaise gestion qui régnait : en arrivant, les patrons se sont empressés de faire venir une dizaine d'anciens collaborateurs de France Télévisions et des ministères parfois au mépris du bon sens. En 2008, Bastien Millot rapatrie, par exemple, immédiatement son ancienne assistante, alors que celle d'Ideepole est toujours dans l'entreprise. Et Bygmalion paiera en plus une hôtesse pour s'occuper de l'accueil alors que l'ancienne assistante occupait les deux fonctions. Sur ce poste, la société salarie donc trois personnes au lieu d'une. Millot fait également venir dans la boîte nombre de Copé *boys* et d'anciens proches de France Télévisions, dont certains vont se révéler très utiles et d'autres pas du tout dans le fonctionnement du groupe. Bastien Millot va ainsi recruter Bertrand Lesain, ancien directeur du cabinet de Jean-François Copé quand celui-ci présidait le groupe UMP à l'assemblée nationale. Terence Zakka, un ancien de Sciences-Po, collaborateur de Millot à France Télévisions ou bien encore Julien Massiat, en tant que directeur du pôle conseil chez Bygmalion, et ancien du cabinet Jean-François

Copé. « Certains étaient bons, et méritaient d'être là, juge un ancien salarié. D'autres ne faisaient que jouer le rôle de conseiller et homme à tout faire du patron. Comme dans un ministère... »

Autre décision originelle, significative de la mauvaise gestion de l'entreprise : aussitôt installés dans leurs nouveaux fauteuils de chefs d'entreprise, Alves et Millot décident immédiatement de quitter les anciens locaux d'Ideepole, situés avenue Hoche, pour rejoindre au mois de janvier 2009 des bureaux plus somptueux rue de Clichy. Il est vrai que le grand appartement d'Ideepole n'est pas adapté à la taille de la nouvelle entreprise. Mais ils déménagent sans se soucier de résilier le précédent bail qui ne s'achève qu'en novembre 2009... les loyers impayés s'accumulent. Les sommes finissent pas être saisies sur les comptes de la société à l'été 2009. Ce contentieux financier très onéreux ne sera résolu qu'au bout de deux ans, et coûtera plus de 100 000 euros à Bygmalion.

« Quand on est au pouvoir, dans un ministère, il suffit de vouloir quelque chose, de le faire savoir, et de crier très fort pour l'obtenir, résume un ancien collaborateur du groupe Bygmalion. Dans le monde de l'entreprise, une fois qu'on a crié très fort, il reste 90 % du boulot à faire. Il faut démarcher les clients, et cela suppose d'être humble. Ce sont eux qui ont le pouvoir. C'était une démarche que Bastien Millot n'était pas prêt à effectuer. Il préférait arriver quelque part, tout auréolé de la gloire d'être un proche de Jean-François Copé. » La majorité des contrats sont d'ailleurs signés avec la sphère politique… et France Télévisions. Ses deux anciennes terres, qui n'avaient donc plus besoin d'être labourées. « Ils ne travaillaient pas pour conquérir de nouveaux marchés, résume un ancien *free lance* employé quelques mois par la boîte. Je m'occupais de certains gros clients, même s'ils n'étaient pas politiques, et aucun des deux patrons n'est jamais venu à un seul rendez-vous. Un client qui ne voit pas le patron, il se sent délaissé et il ne revient plus. C'est simple. » Quand il s'installe dans ses nouvelles fonctions, Bastien Millot reçoit pourtant à s'en étourdir. « Des journalistes, des politiques, quelques patrons… ça défilait, se souvient l'un d'eux. Parfois il faisait venir un de ses collaborateurs dans son bureau pour assister à un rendez-vous avec Anne Hidalgo ou Nikos Aliagas, par exemple. Je crois qu'il pensait nous faire plaisir. Mais ces entretiens n'étaient pas préparés, pas ciblés. Donc ils ne débouchaient sur rien… » Anne Hidalgo ? Millot est copéiste, mais revendique son amitié avec l'ancienne première adjointe PS de Bertrand Delanoë devenue maire de Paris. Il jure à tout le monde que cette amitié est également… gratuite. Ils parlent politique, Millot la conseille, mais aucun contrat ne les lie. Pendant la campagne des municipales à Paris, le DG de Bygmalion feint d'ailleurs de s'étonner dans un article du *Monde*[1] que cette amitié puisse déranger Nathalie Kosciusko-Morizet,

1. Béatrice Gurrey, « L'amitié du copéiste Bastien Millot avec Anne Hidalgo fait grincer des dents », *Le Monde*, 7 octobre 2013.

la candidate UMP à la mairie de Paris… « C'est une candidate tout à fait sérieuse et ça pimente l'élection », explique Millot à propos de Nathalie Kosciusko-Morizet. C'est le côté sale gosse de Millot, qui amuse ses amis. En réalité, les copéistes détestent Nathalie Kosciusko-Morizet et ne l'aideront pas à conquérir Paris qu'elle perdra.

Quand on évoque la mauvaise santé financière de son entreprise devant Bastien Millot, l'homme d'affaires devenu avocat fronce les sourcils et perd quelques instants son air bonhomme. Les mauvais résultats ne sont pas dus à une mauvaise gestion, à de l'incompétence, à un manque de travail. « Nous avons recruté beaucoup de salariés, débute-t-il. Nous avons donc investi dans les moyens humains, mais aussi logistiques, matériels, nous nous sommes développés… » Que sont devenus les millions d'euros brassés par l'entreprise ? « Le chiffre d'affaires n'est pas le bénéfice, coupe-t-il. Quand nous signons un contrat, nous avons toujours des coûts. On oublie très souvent de le rappeler quand on évoque notre entreprise… » Quand il part en août 2013, il ne quitte donc pas un navire prêt à couler. « Devenir avocat était un rêve d'enfant, se défend-il. J'ai passé un examen pour cela, que j'ai réussi. Je ne regrette absolument pas d'avoir créé Bygmalion, j'y ai passé quatre années très satisfaisantes sur le plan professionnel. Nous avons été précurseurs sur toute une gamme d'activités, comme le suivi de réputation sur internet. La fin, évidemment, je l'aurais souhaitée différente et je suis très triste de la disparition brutale de l'entreprise. »

Au sein de Bygmalion, les collaborateurs se sont pourtant rapidement lassés de ce patron charismatique et chaleureux mais trop bling-bling, qui semblait privilégier son métier de chroniqueur sur Europe 1 ou BFM-TV, et qui n'hésitait pas à commander un taxi le soir pour faire ramener chez lui son chien Elton, un cavalier king charles. Les interlocuteurs se sont faits plus rares. Et les guerres d'ego se sont multipliées. D'après des salariés, Patrick Dray, qui a rapidement abandonné ses parts dans la société, aurait trouvé insupportable que celle-ci puisse lui survivre. Et Bastien Millot ne supportait pas que les marchés conclus avant lui puissent marcher. Des contrats signés avec Ideepole, rémunérateurs, pérennes et apolitiques auraient donc été abandonnés. Emmanuel Limido dresse lui aussi un portrait peu flatteur de l'entreprise. « Bastien Millot ne s'est jamais vraiment impliqué dans la boîte. Il ne s'intéressait pas au côté opérationnel du business, en fait il voulait faire de la politique, être chroniqueur télé. La réalité c'est que la boîte n'allait pas bien », constate l'homme d'affaires. Pendant toute son existence, Bygmalion n'aura que deux filiales en activité. Event & Cie, chargée de l'événementiel et donc d'organiser les meetings de campagne de Nicolas Sarkozy en 2012, et Ideepole.

UMP-Bygmalion : le mariage de raison

Il n'y a qu'avec l'UMP que les contrats fleurissent et jamais ne se tarissent. Jean-François Copé est président du groupe UMP à l'Assemblée ? Au total, plus de 5 millions d'euros vont être versés par le groupe parlementaire à la société Bygmalion entre 2008 et 2013. Sur cette somme, environ un million d'euros sont consacrés à l'organisation d'événements. Le reste va financer la gestion du site internet du groupe (600 000 euros en 2010), la surveillance de son e-réputation (100 000 euros en 2013), la création de multiples mini-sites, l'envoi des lettres d'information et d'autres missions hautement surfacturées au regard des prix pratiqués par le marché, mais que le parti a accepté de régler rubis sur ongle. « Ces marchés demandaient énormément de travail, s'énerve-t-on chez Bygmalion, qui conteste la surfacturation. Ces sites sont hackés tous les jours, ils demandent une maintenance constante, il y a des collaborateurs affectés sur ces missions H24. » Autre marché très lucratif avec le groupe parlementaire : la réalisation des fameux bilans de mi-mandat des députés. Avant que le contrat à 17 000 euros par mois ne passe dans les mains de BM Consulting en 2013, c'est Bygmalion qui l'honorait. Nous avons pu consulter quelques-unes de ces plaquettes de quatre pages pour la période 2007-2009. Ces bilans étaient destinés à faire connaître les activités des députés. Un petit édito de chaque élu ouvre le dépliant, suivi d'un mot du patron du groupe, en l'occurrence Jean-François Copé pour

2009. Puis l'action du député à l'Assemblée est détaillée : y figurent le nombre de lois pour lesquelles il a été rapporteur, le nombre de questions orales posées au gouvernement, les groupes d'étude auxquels il appartient... Le prix demandé est-il démesuré ? « En 2009, nous avons fait le boulot pour les 300 parlementaires, justifie un employé de Bygmalion. Le prix comprend l'impression à 1 000 exemplaires des 300 dépliants. » Beaucoup de députés, frappés d'amnésie à la simple évocation du nom « Bygmalion » ne se souviennent pas d'avoir eu cette plaquette entre les mains en 2009. Éric Ciotti, dont nous avons récupéré la brochure personnalisée et où apparaissent quelques lignes signées de sa main, admet l'avoir vue mais assure ne l'avoir jamais commandée. « Il y avait l'édito de Jean-François Copé, je ne risquais pas de la distribuer dans ma circonscription, explique le député des Alpes-Maritimes, principal lieutenant de François Fillon lors de la guerre interne à l'UMP à l'automne 2012. Il me semble aussi que les informations données étaient assez imparfaites, on ne nous a jamais demandé ce qu'on voulait[1]. »

En 2010, Jean-François Copé devient secrétaire général du parti. L'UMP devient une nouvelle terre de contrats pour Bygmalion. Immédiatement, le parti va lui confier l'organisation des conventions thématiques, des réunions destinées à préparer les élections de 2012... Le contexte de l'attribution de ce marché est

1. Entretien avec l'auteur, 21 juillet 2014.

assez emblématique du système de favoritisme décomplexé qui est mis en place à cette époque à l'égard de la société privée. Quand Jean-François Copé prend les rênes de l'UMP, le parti a déjà signé un contrat avec l'agence Publics pour l'organisation de neuf conventions thématiques sous le secrétariat général de Xavier Bertrand. Montant du marché, qui a donné lieu à une mise en concurrence de plusieurs agences d'événementiel : 900 000 euros. Une première convention thématique est organisée au mois de novembre par Publics, sur le thème de l'éducation à la Cité des sciences. Ce sera la seule organisée par l'agence de Gérard Askinazi. Mi-novembre, le gouvernement Fillon est remanié et Xavier Bertrand devient ministre du Travail, de l'Emploi et de la Santé. Il quitte donc l'UMP, et laisse la place à Jean-François Copé. À compter de cette date, l'agence Publics cherche à joindre la nouvelle direction pour discuter de la suite de son contrat... en vain. Finalement, Askinazi sera reçu par Jérôme Lavrilleux, devenu le directeur de cabinet de Jean-François Copé au parti. En quelques minutes, et sur un ton sans appel, Lavrilleux annonce que le contrat ne sera pas honoré. Il explique que Publics ne correspond pas aux nouvelles orientations du parti, ne remplirait pas le cahier des charges. Lequel ? Aucun détail n'est donné. C'est évidemment Bygmalion qui remporte le marché, laissant son concurrent amer et démuni : dans le petit monde de la communication politique, on n'attaque pas l'UMP en justice pour un contrat non honoré. Interrogé sur cette rupture illégale de contrat,

Jérôme Lavrilleux ne cille pas. « L'organisation mise en place par l'agence Publics était totalement fumeuse, explique-t-il. J'avais participé à cette convention sur l'éducation, c'était l'époque où il fallait faire du participatif. On avait installé un public choisi, qui posait des questions déterminées à l'avance, avec une estrade placée au milieu de la salle... Ça ne correspondait pas du tout à ce qu'on voulait mettre en œuvre. On a donc informé cette agence qu'on ne voulait plus travailler avec elle[1]. » Aucune nouvelle consultation n'est lancée pour choisir une nouvelle agence, pour que l'UMP n'ait pas « les mains liées avec une agence en particulier », explique, sans rire, Lavrilleux. Pas besoin de lui passer la bague au doigt pour que Bygmalion soit fidèle et dévouée : à compter de l'arrivée de Jean-François Copé, elle sera de tous les événements, de tous les marchés. En 2011, Event & Cie organise une série de conventions dont nous nous sommes procuré les factures. Elles ne sont pas exorbitantes quand on les compare avec les tarifs proposés par l'agence Publics et acceptés par l'équipe de Xavier Bertrand. Le 8 mars 2011, par exemple, une réunion sur le thème « Justice et exécution des peines » est organisée à la Maison de la chimie. Prix facturé : 57 000 euros. En novembre 2011, une conférence sur le « développement durable » à Bobino est facturée 41 000 euros. Pour l'université d'été à Marseille en septembre 2011, la note est déjà plus salée : 1,3 million d'euros avec une

1. Entretien avec l'auteur, 28 juillet 2014.

marge à 32 %. Un avant-goût des prix pratiqués pendant la campagne...

Quand Nicolas Sarkozy décide de confier la gestion logistique et opérationnelle de sa campagne à Jérôme Lavrilleux, ce dernier fait donc immédiatement appel à Event & Cie. Les autres membres de l'équipe de campagne n'ont pas d'expérience, ils n'ont jamais organisé de meetings. Pour eux, ce coup de force, ce choix imposé d'une entreprise amie, est vécu comme une aubaine.

3

Les fausses factures de la campagne de l'UMP

« Si on m'avait demandé d'être payé en cash
ou en diamant, évidemment, j'aurais refusé. »

Guy Alves,
l'un des deux patrons de Bygmalion

Le mois d'avril 2012 commence à peine et le premier tour est dans trois semaines. La bataille présidentielle monopolise la une des journaux, ouvre tous les 20 heures. Dans la longue rue de Vaugirard, là où l'UMP a installé son siège flambant neuf fin 2011, un homme roule sur son scooter. Dans sa tête, c'est le vide, la stupéfaction. Franck Attal, l'homme chargé, au sein de la société Event & Cie (filiale de Bygmalion chargée de l'événementiel), d'organiser les meetings pour la campagne de Nicolas Sarkozy, sort d'une réunion au siège du parti et il est livide. Spécialiste du monde de l'événementiel depuis plus de quinze ans, ce quadragénaire s'attribue certaines qualités : la rigueur, à la limite de la maniaquerie, l'organisation, la précision. Il aime tout maîtriser. En 2012, il les a mises au service de la gestion de sa première campagne présidentielle, celle de Nicolas Sarkozy. En ce jour du mois d'avril, en sortant du siège de l'UMP, il sent pourtant que les choses lui échappent. Rien de pire pour un maniaque. « J'étais venu faire un point sur nos factures, se souvient Franck Attal, qui accepte pour la première fois de s'expliquer en détail sur cette fatidique journée, durant laquelle se seraient nouées les ficelles de cette affaire. Nous avions déjà organisé une vingtaine de meetings pour la campagne de Nicolas Sarkozy, et nous avions beaucoup de mal à nous faire régler de la part de l'UMP[1]. » Les coups de fil passés à répétition par le comptable d'Event & Cie, Matthieu Faye, restent lettre morte. L'UMP promet qu'elle va payer, mais les chèques n'arrivent pas. « Nous avions alerté l'UMP à plusieurs reprises, confirme Guy Alves, qui a lui aussi décidé de s'expliquer pour la première fois en détail et sans se cacher sur cette affaire. Les prestataires exigeaient d'être payés pour continuer à bosser avec nous. Ils avaient des salariés à rémunérer, du matériel à louer… Nous voulions que l'UMP reverse un peu d'essence. Pas forcément qu'elle fasse le plein[2]. »

1. Entretien avec l'auteur, 18 juin 2014.
2. Entre tien avec l'auteur, 10 juin 2014.

Franck Attal finit par décrocher son téléphone lui-même. Pendant la présidentielle, ses deux interlocuteurs les plus réguliers sont Jérôme Lavrilleux, le directeur adjoint de la campagne, et Fabienne Liadzé, la directrice des affaires financières. Cette salariée de l'UMP est chargée de surveiller les finances du parti mais elle n'a aucune autorité sur l'équipe de campagne et aucun poids politique. « J'ai contacté l'un ou l'autre, je ne sais plus, ils m'ont indiqué qu'ils allaient trouver une solution, et m'ont demandé de venir les voir pour en parler. Je me suis donc rendu à une réunion au siège de l'UMP. »

Franck Attal aimerait nous donner une date et une heure précises, mais c'est impossible : tous ses rendez-vous de l'année 2012 ont été enregistrés dans un BlackBerry qu'il n'a pas conservé, explique-t-il. Ce jour-là, il n'est pas question de ses factures. Franck Attal, l'homme de terrain, habitué à jongler dans son bureau entre les commandes de traiteur, de chaises et de sono, se voit dispenser à la place un petit cours abrégé sur les règles de financement d'une campagne présidentielle. Assis sur un de ces canapés bleu électrique qui meublent les bureaux du siège de l'UMP, il apprend que le candidat, s'il accède au second tour, a le droit de dépenser une enveloppe de 22,5 millions d'euros maximum. Sur cette somme, 47,5 % sont remboursés par l'État... sauf s'il venait à dépasser le plafond autorisé. Dans ce cas, aucun argent public ne lui est redistribué et il doit tout financer de sa poche. Autant dire de la poche de l'UMP et de ses militants.

Pourquoi explique-t-on cela à Franck Attal ? Parce que les dépenses ne peuvent pas continuer au même rythme. Aux environs du 7 avril, d'après nos calculs réalisés sur la base de la double comptabilité d'Event & Cie retrouvée sur une clé USB par les enquêteurs, 11,5 millions ont déjà été dépensés uniquement pour les meetings. Traditionnellement, les candidats ne dépensent pas plus de la moitié de l'enveloppe globale prévue pour ces grand-messes. La cote d'alerte est donc déjà largement dépassée. Les responsables de la campagne ont deux choix. Le premier : tout arrêter immédiatement, ne pas foncer tête baissée vers le mur d'une banqueroute annoncée, ne plus organiser aucun meeting de grande ampleur, et les remplacer par des rassemblements sur des places en plein air, avec, pour seul matériel, un micro et une sono – mais cette option est inimaginable. Le second : inventer un système pour dissimuler ces dépenses à la commission nationale des comptes de campagne, chargée de surveiller que le candidat ne dépasse pas le plafond. À en croire tous les cadres de Bygmalion, et certains membres de l'UMP, c'est la seconde solution qui est adoptée. Ironie de l'histoire, la dissimulation n'empêchera finalement pas le Conseil constitutionnel de retoquer les comptes de Nicolas Sarkozy, estimant que ceux-ci étaient « insincères », le privant de toute subvention publique. Plus d'un million d'euros avaient été réintégrés, faisant exploser le plafond prévu. Mais ce jour d'avril 2012, ce serait en fait plusieurs millions d'euros qui auraient pris le chemin d'un détournement de grande ampleur. Le scandale se met en place.

« Lors de cette réunion, on m'a expliqué que les frais des meetings allaient être ventilés autrement, poursuit Franck Attal. On nous a demandé de baisser le montant des vraies factures des meetings, et d'affecter les frais restant à d'autres événements politiques payés par l'UMP. » Le système est très ingénieux. Prenons un exemple. À Nantes, lors du meeting de Nicolas Sarkozy du 27 mars, la facture de la prestation vidéo s'élève à 94 000 euros hors taxes. Avec les taxes et la marge d'Event & Cie, elle va coûter au total 140 000 euros. Sur la facture officielle, celle qui a été remise à la Commission nationale des comptes de campagne, figure devant le poste « vidéo », la somme de 27 500 euros. Où sont passés les 112 500 euros manquants ? Ils ont été répartis sur d'autres factures émises également par Event & Cie pour l'organisation d'autres événements pour l'UMP en 2012. Impossible de savoir précisément sur lequel d'entre eux les frais de Nantes ont été ventilés. Mais, par exemple, prenons le « Conseil national du nouveau siècle » (mouvement politique gaulliste affilié à l'UMP) organisé le 17 mars 2012. Pour cette réunion qui regroupe une cinquantaine de personnes, une salle de la rue de Vaugirard a été mise à disposition. Aucune collation ne leur est servie et tous les participants se rendent au restaurant où chacun paie son addition. Montant de la facture d'Event & Cie : 299 000 euros (voir annexe 10). Sur cette facture, il n'y a donc que l'intitulé qui soit vrai : les 299 000 euros correspondent à des prestations effectuées pour la campagne de Nicolas Sarkozy. Des sujets de conventions thématiques ayant réellement eu lieu sont également utilisés pour parfaire le maquillage. Des événements à 10 000 euros sont gonflés à 200 000 ou 300 000 euros. Ce système permet d'éviter de faire des fausses factures… et donne naissance à des vraies-fausses factures.

Mais très vite, le système s'essouffle. Même en période de campagne, le parti n'organise pas des événements tous les jours. Alors l'UMP transmet une liste d'intitulés de conventions fantômes pour permettre à Bygmalion de réaliser des fausses factures. Le risque encouru est énorme. Si quelqu'un tombe un jour sur ces documents, il détectera immédiatement l'escroquerie. Personne, en effet, ne peut croire plus de quelques minutes que le 2 mai 2012 – jour du débat télévisé entre Nicolas Sarkozy et François Hollande de l'entre-deux-tours – une convention payée 299 000 euros par l'UMP a été organisée sur le thème « Refonder l'Europe » (annexe 11). Personne n'est assez naïf non plus pour croire que la même somme a été dépensée le lendemain afin d'organiser une réflexion sur « La justice sociale ». Cerise sur le gâteau, une convention animée par Pierre Lellouche sur le thème de « L'accès au crédit » est censée avoir eu lieu le 30 mai 2012 (annexe 12). Le député parisien ne connaît rien à la problématique du crédit… et un simple coup de fil à l'élu permet de dégonfler la baudruche. Il n'y était pas. Il n'en a jamais entendu parler.

C'est la seule facture sur laquelle le nom d'une personnalité politique apparaît. Pourquoi Lellouche a-t-il bénéficié de ce privilège en forme de cadeau empoisonné ? Il est élu député dans le 9e arrondissement de Paris, celui où se trouve le siège de Bygmalion. Le député veut donc croire que les salariés de l'entreprise, à cours d'idées, ont fait un choix de proximité. Pourtant, au sein de Bygmalion, tous assurent que les intitulés leur ont été fournis par l'UMP. Pourquoi les salariés et responsables du parti auraient-ils pris un tel risque ? Parce que la comptabilité interne d'un parti politique n'est pas publique. Personne n'était donc censé avoir un jour accès à ces fausses factures...

Qui est présent lors de cette réunion fatidique du mois d'avril ? Les enquêteurs devront probablement faire face à l'un des pires casse-tête de ce dossier. Aucune des personnes qui reconnaissent avoir été présentes ne désigne les mêmes participants. Les dates évoquées ne sont pas les mêmes. Et certains nient carrément l'existence d'une telle réunion...

Lors de notre première rencontre, Franck Attal nous assure qu'il ne se souvient de la présence que d'une seule personne de façon certaine : celle de Jérôme Lavrilleux. Mi-juillet, il est un peu moins hésitant... « La réunion a eu lieu soit dans le bureau d'Éric Cesari, soit dans le bureau de Fabienne Liadzé et donc en leur présence[1] », explique celui qui ne

1. Entretien avec l'auteur, 17 juillet 2014.

veut rien affirmer sans en être sûr à 100 %. Quid de Guillaume Lambert, le directeur de campagne de Nicolas Sarkozy que Jérôme Lavrilleux et plusieurs autres sources désignent comme l'un des responsables de la manœuvre frauduleuse ? « Lambert ne pouvait pas être là, il ne venait jamais au siège de l'UMP », tranche Attal.

Jérôme Lavrilleux livre une autre version d'une histoire pourtant très similaire. « La réunion s'est déroulée après le 6 mai, après les élections, assure l'ancien bras droit de Jean-François Copé. Je n'étais pas là. Elle a eu lieu dans le bureau d'Éric Cesari, en présence de Fabienne Liadzé, Franck Attal et Guillaume Lambert[1]. » D'après lui, Cesari et Liadzé sont venus l'avertir de la teneur de la conversation à l'issue du rendez-vous. Lui-même a acté et accepté la décision prise, il l'assume, mais assure qu'il n'y a pas pris part et encore moins imaginée. Il avoue être complice mais refuse d'être responsable.

Si la présence de Guillaume Lambert et Éric Cesari est avérée et prouvée par l'enquête judiciaire actuellement en cours, le système de défense de Nicolas Sarkozy qui clame n'être au courant de rien sera difficile à tenir. Le préfet Lambert est son directeur de campagne, son ancien chef de cabinet. Son rôle est de faire remonter les informations au candidat. Éric Cesari, directeur général de l'UMP, est, lui, surnommé « l'œil de Moscou ». Son vrai job au sein du parti est

1. Entretien avec l'auteur, 28 juillet 2014.

de tout répéter au président de la République puis au candidat, de ce qui se trame à l'UMP. De plus, pendant la campagne, Cesari et Lavrilleux sont inséparables, ils travaillent main dans la main, se déplacent ensemble lors des meetings. « Je n'imagine pas qu'Éric Cesari ait pu apprendre des choses sans les rapporter à Nicolas Sarkozy[1] », juge même Claude Guéant, qui présente Cesari comme le soldat de Sarkozy mis à l'UMP pour tout surveiller.

Éric Cesari se défend contre toutes accusations. « Franck Attal, je ne l'ai vu que deux fois à l'UMP, assène cet administratif éminemment politique. Mon agenda électronique le prouve. Dès qu'une personne de l'extérieur de l'UMP entre dans mon bureau pour un rendez-vous, ma secrétaire le note. Cet agenda a été saisi par la justice au moment des perquisitions, les enquêteurs le verront bien. Lors de ces deux rendez-vous, il n'a pas été question des finances de la campagne, mais de coordonner son travail avec celui de l'agence Publics. » Éric Cesari ajoute : « À ma connaissance, il n'y a jamais eu de démarche quelconque pour couvrir des frais de campagne au sein de l'UMP. » Ce Corse d'une cinquantaine d'années s'échauffe, s'énerve, son accent devient plus fort à mesure qu'il s'agace de ces accusations. « On me cite car je suis le sarkozyste de service. Contrairement à ceux d'Event, ou de Bygmalion, je n'ai jamais touché de dividendes. À l'UMP, je n'ai même jamais réclamé

1. Entretien avec l'auteur, 15 juillet 2014.

mes tickets restaurant car j'estimais être suffisamment bien payé[1]. » Ses émoluments sont de 12 500 euros brut par mois et ont fait grincer des dents quand ils ont été dévoilés dans la presse pendant la crise du printemps 2014. Guillaume Lambert, lui, a refusé à plusieurs reprises de nous rencontrer. Son avocat, Me Christophe Ingrain, par ailleurs ancien conseiller justice de Nicolas Sarkozy à l'Élysée, n'a pas répondu à nos multiples sollicitations.

Fabienne Liadzé est également citée comme l'une des personnes présentes lors de cette réunion. À des proches, cette dernière a effectivement confirmé être au courant du système frauduleux. « On m'a envoyé les factures des fausses conventions, j'ai eu l'ordre du huitième étage [où se situent les bureaux de Jean-François Copé, Lavrilleux et Cesari] de les signer », a-t-elle confié au moment de son licenciement. À tous ses interlocuteurs, Fabienne Liadzé assure qu'elle ne cachera rien aux enquêteurs.

Franck Attal, lui, sort abattu de cette réunion. « J'ai vécu un très très long moment de solitude, se souvient ce professionnel de l'événementiel qui a notamment travaillé pour le RPR et pour Jean-François Copé lors de la campagne des régionales en 2004. Le trajet, en scooter, pour rejoindre mon bureau a été interminable. » Le siège d'Event, situé dans le 9e arrondissement, est pourtant de l'autre côté de la Seine, à moins de cinq kilomètres de là.

1. Entretien avec l'auteur, 18 juillet 2014.

Un trajet qui dure une éternité... et qui est à la fois trop court pour lui laisser le temps de reprendre ses esprits. Chez Bygmalion, on se souvient de l'avoir vu revenir le visage blême. Il se rend immédiatement dans le bureau de Sébastien Borivent, directeur général adjoint de Bygmalion, ancien secrétaire général de France Télévisions Distribution qui a suivi Bastien Millot dans son entreprise. Attal lui explique la situation, et lui fait un compte rendu de la réunion qui vient de se dérouler. Mais aucun de ces deux hommes ne prendra la décision finale. Chez Bygmalion, ce sont les patrons qui tranchent, depuis le choix de la couleur des moquettes, l'emplacement des bureaux, jusqu'aux orientations stratégiques de la société.

C'est un des salariés de l'entreprise qui est chargé d'informer le boss des boss, Bastien Millot. Il nous le raconte sous couvert d'anonymat mais nous assure qu'il livrera exactement la même version aux enquêteurs quand il sera entendu. « C'est moi qui ai été chargé de le prévenir, se souvient-il. J'ai été averti de cette réunion à l'UMP, puis je suis allé le voir dans son bureau, je n'ai pas gardé l'information pour moi très longtemps. Il a reçu la nouvelle sans sourciller, sans marquer d'étonnement, sans réagir. Il a été très... flegmatique. » Dans un premier temps, ce cadre pense que l'entourloupe est fréquente. Que tout le monde agit ainsi en période de campagne électorale. Comment expliquer, sinon, l'absence totale de réaction de son patron ? Depuis, il a revu sa version de l'histoire. « Je me demande aujourd'hui s'il n'était pas déjà au courant de cette magouille, confie le messager, écœuré. Millot s'est toujours vanté de tout savoir avant tout le monde, d'avoir une longueur d'avance. Dans cette histoire, il ne se vante plus du tout de rien… » Interrogé, Bastien Millot nie en effet avec force avoir été alerté de toute demande de manœuvre frauduleuse de la part de l'UMP. Guy Alves, qui reconnaît, lui, avoir été mis dans la confidence immédiatement après la réunion, réagit plus bruyamment. « J'étais très en colère, j'ai eu le sentiment de ne pas avoir le choix, raconte-t-il. À environ quinze jours du premier tour, on est tombé dans un traquenard, on s'est fait piéger. Jusque-là, nous n'avions eu aucune alerte. On peut toujours penser que l'on aurait dû refuser. C'est vrai. Moi j'ai plutôt le sentiment d'avoir été confronté à deux mauvaises solutions. Ils ne se sont pas rendu compte que la bouteille ne contenait qu'un litre d'eau, ils ont voulu en faire rentrer deux[1]. » Franck Attal reçoit alors le verdict des chefs : on accepte la magouille. « Moi dans mon bureau, à cette période, j'ai plusieurs usines à gaz à faire tourner, et tout menace d'exploser ou de disjoncter à n'importe quel moment », se souvient Attal. Il obtempère.

Pourquoi tout le monde a accepté cette escroquerie de grande ampleur ? La plupart des cadres interrogés et qui reconnaissent leur implication dans la manip évoquent une pression insidieuse. Le client

1. Entretien avec l'auteur, 21 juillet 2014.

n'est pas n'importe qui, c'est l'équipe du président de la République. Peut-on dire non à un président de la République en exercice ? Encore aujourd'hui, leur réponse est négative. « Si on m'avait demandé d'accepter de l'argent d'une grande entreprise, d'être payé en cash ou en diamant, évidemment, j'aurais refusé, ironise Alves. Là, je me suis peut-être arrangé avec ma conscience, mais je me suis dit que j'étais payé par l'UMP pour financer la campagne de leur candidat. Il n'y avait donc aucun détournement de fonds. Je me suis dit aussi que cela devait être habituel. Que d'autres avaient dû faire pareil avant… et que cela continuerait après nous. » Un autre cadre à responsabilité de Bygmalion renchérit. « C'est eux qui ont proposé ce système de double facturation, pas nous. À cette période, en avril 2012, notre première angoisse était de ne pas être payé. Nous n'avions jamais fait aucun bon de commande à l'UMP, et devant les tribunaux, il nous aurait donc fallu des mois pour nous faire entendre. Notre deuxième angoisse était de recevoir de l'argent sale. » « Le pire, confie enfin un autre salarié, c'est que je ne sais toujours pas aujourd'hui comment nous aurions pu faire autrement. Je me pose souvent la question. Nous étions dans un tel stress, sans aucun recul… Je me dis que si la situation devait à nouveau se reproduire, nous ferions la même chose. C'est ça qui est le plus fou. » Dans la tête des salariés de Bygmalion, une campagne électorale est donc par nature entachée d'irrégularités. D'étranges personnages venus leur rendre visite au siège de l'entreprise pendant la campagne de 2012 ne les ont pas détrompés... Au cours de notre enquête, des salariés de Bygmalion nous ont confié qu'ils avaient croisé pendant la présidentielle au siège de Bygmalion les enquêteurs en charge du dossier Bettencourt. La société de communication n'était pas (encore) leur cible. Les policiers se sont déplacés pour obtenir les factures du meeting du 1er mai organisé au Trocadéro, pour pouvoir les comparer avec celles du meeting organisé en 2007 au même endroit. Le but : voir si celles de 2007 n'avaient pas été sous-évaluées dans les comptes officiels, et donc réglées en grosse partie grâce à de l'argent liquide donnée par l'héritière de L'Oréal. La comparaison ne s'est pas révélée fructueuse. Dans cette affaire, l'ancien chef de l'État a obtenu un non-lieu et seul son trésorier de l'époque, Éric Woerth, doit comparaître devant un tribunal correctionnel.

Peut-on dire « non » à un président de la République en exercice ? Pour Emmanuel Limido, l'actionnaire de Bygmalion et patron du groupe d'investissement Centuria Capital, évidemment, la réponse est positive. « S'ils étaient venus me voir à ce moment-là, je leur aurais expliqué qu'ils se trompaient complètement, analyse froidement le banquier. Ceux qui auraient dû avoir peur ce n'est pas eux, mais ceux qui étaient en face. La peur aurait dû être dans l'autre camp. Ils ne l'ont pas compris. Je pense qu'Alves a subi une vraie pression morale. Il a passé presque dix ans chez Jean-François Copé. » Limido explique avoir appris l'existence de l'escroquerie présumée de la bouche de son ancien employé, quelques jours avant les aveux télévisés de Jérôme Lavrilleux. « Quand les premiers articles du *Point* sont sortis, je ne me suis pas vraiment fait de souci, car tout ce qu'ils disaient sur moi était faux… J'en ai donc conclu que les accusations contre Bygmalion l'étaient aussi[1] », confie-t-il. C'est quand il voit Jean-François Copé changer de système de défense après la parution de l'enquête de *Libération* le 15 mai 2014, qu'Emmanuel Limido commence à douter. Il demande à Guy Alves de passer le voir. La rencontre se déroule le vendredi 23 mai. Alves lui raconte tout. « J'étais sidéré, se souvient Limido. Je ne suis pas non plus resté sans voix, mes cheveux sont gris, j'ai de l'expérience… mais quand même. » Il lance à son ancien poulain : « Guy vous vous êtes mis… » Il ne finit pas sa phrase. Et la remplace par une autre. « C'est vraiment très lourd. » De sidéré, Emmanuel Limido est aujourd'hui devenu « fâché ». Il le dit sans changer de ton, sans s'énerver, avec cette maîtrise de soi indispensable à tout homme d'affaires habitué à traiter des contrats aux montants colossaux avec des clients moyen-orientaux et chinois. « On lirait cela dans un roman, on n'y croirait pas. Que la boîte ferme aujourd'hui c'est normal, elle est pénalement responsable, elle est condamnée à mort, c'est la moindre des choses. Je ne comprends pas ce qui leur a pris. » D'après lui, si les patrons de Bygmalion ont

1. Entretien avec l'auteur, 10 juillet 2014.

eu peur, c'est à cause de leur manque de maturité et d'expérience.

Parmi les cadres de la société, certains ont toujours su que la vérité finirait par éclater. Quand les comptes de campagne de Sarkozy ont été définitivement retoqués en juillet 2013 par le Conseil constitutionnel, l'un d'eux a même été soulagé que l'État ne rembourse pas cette campagne financièrement vérolée : « Je me suis dit que le bon Dieu existait. » Quelques mois seulement après la fin de la campagne, le 7 novembre 2012, un premier article du *Canard enchaîné*[1] évoque l'opacité des contrats entre Bygmalion et l'UMP... La pression monte dans les bureaux de la société. D'après trois anciens cadres une réunion est alors organisée dans le bureau de Bastien Millot en présence de Guy Alves. D'après l'un d'eux, cette réunion s'est tenue le 7 novembre, jour de la parution de l'hebdomadaire satirique. Les deux patrons se voient d'abord en tête à tête. Ils demandent ensuite à Franck Attal de les rejoindre. « Lors de cette entrevue, Franck a assuré à ses patrons qu'il dirait la vérité s'il était entendu par la justice, et leur a demandé si eux assumeraient leurs responsabilités, raconte l'un des participants. Les deux ont acquiescé. Attal les a également informés de l'existence d'une clé USB renfermant tous les comptes de la campagne et leur ventilation. « Franck Attal a-t-il eu peur que ses patrons

1. Didier Hassoux, « L'UMP saignée par la défaite, et par Jean-François Copé », le *Canard enchaîné*, 7 novembre 2012.

ne le couvrent pas ? C'est en tout cas à cette période que la double comptabilité détaillée de la campagne est finalisée sur cette fameuse clé USB par Matthieu Faye, le comptable de l'entreprise. Le but de ces documents est de laisser une trace claire sur la destination de l'argent : la campagne présidentielle de Sarkozy. C'est cette clé qui sera saisie par les enquêteurs en mai 2014, et dont une copie est en notre possession. Une analyse de cette clé montre que les explications des salariés d'Event & Cie tiennent la route. Aucune facture des meetings de la campagne, vraie ou fausse, n'a été modifiée après 2012. Pour la plupart, les dernières modifications datent d'ailleurs des mois d'avril et mai de cette année-là. Les fichiers récapitulatifs de la double comptabilité ont eux été modifiés pour la dernière fois… le 7 novembre 2012 à 10 h 15 très précisément. Soit le jour présumé de la réunion dans le bureau de Bastien Millot.

Après plusieurs semaines de silence, Bastien Millot accepte finalement, à la fin du mois d'août, de nous rencontrer dans sa ville natale de Saint-Quentin (Aisne) pour nous livrer sa version des faits. Sait-il que plusieurs cadres de son ancienne entreprise le montrent du doigt ? Sait-il que dans plusieurs témoignages on l'accuse d'avoir tout su et tout couvert, et d'avoir été un acteur de l'escroquerie présumée ? On le rencontre dans un café non loin de la gare. Il est de bonne humeur, avenant et se dit prêt à répondre à toutes nos questions. L'ancien homme de communication, devenu avocat dans la cité phocéenne, compte bien se défendre. Il confie qu'il prépare également un livre intitulé *Lynchages* dans lequel il revient sur l'affaire, mais aussi sur ses vingt années passées dans les allées du pouvoir… « Il n'y a jamais eu de réunion dans mon bureau au sujet des comptes de campagne de Nicolas Sarkozy, réagit vivement Bastien Millot qui change immédiatement de ton à l'évocation de ces accusations. Je n'ai jamais été alerté des demandes de l'UMP, ni d'un quelconque système de fausses factures. » Il nie donc point par point la version, pourtant cohérente, que nous ont livrée plusieurs salariés d'Event & Cie. « Je ne me suis jamais occupé de l'activité "événementiel" au sein de Bygmalion, je n'étais ni directeur général ni président d'Event je n'ai donc jamais participé ni de près ni de loin à la campagne présidentielle », précise l'ex-patron de la maison mère. Bastien Millot adopte la posture de l'homme de loi, il devient l'avocat de lui-même et réclame des heures, des dates, des preuves et des traces écrites de son implication dans cette prétendue escroquerie. « Il n'y en a pas. Il n'y en aura pas, tranche-t-il. Quand on regardera dans mon agenda, on verra que toutes ces allégations sont fausses et grotesques. Si j'avais été tenu informé, j'aurais exigé de voir le directeur de campagne de Sarkozy, et je lui aurais dit qu'en aucun cas nous ne nous prêterions à des faits délictueux. Pourquoi moi, président de la maison mère, n'ayant pas participé à la campagne et n'ayant aucun intérêt personnel dans le chiffre d'affaires d'Event, j'aurai couvert ce système[1] ? » Cet argument n'est pas tout à fait vrai : Bygmalion possède 75 % d'Event. Les patrons et actionnaires de la maison mère se partagent donc en théorie 75 % de ses bénéfices...

Bastien Millot évoque également ses relations, pires qu'exécrables, avec Nicolas Sarkozy, pour se dédouaner de toute complicité dans cette affaire. Il est en effet de notoriété publique que les deux hommes ne s'apprécient pas. L'inimitié, presque la haine, remonte à 2005. À cette date, Sarkozy est persuadé que le proche collaborateur de Jean-François Copé est à la tête d'une sorte de cabinet noir, chargé de distiller des boules puantes à son encontre. Il accuse Millot d'être l'un de ceux qui ont fait fuiter dans la presse l'existence de la liaison entre son ancienne épouse Cécilia et Richard Attias. La photo du couple illégitime en une de *Paris Match* à l'été 2005 serait donc en partie sa faute. Bastien Millot le lui rend bien. En 2007, ce dernier ne se cache pas de son vote en faveur de Ségolène Royal. Et en 2012 ? « Mes votes sont cohérents, répond simplement Millot avec un petit sourire amusé. Ma dernière conversation avec Nicolas Sarkozy remonte à 2004. La nature de nos liens rend en tout cas encore plus farfelue ma supposée intervention dans le maquillage de ses comptes de campagne. » À l'inverse, Millot affirme que la fraude lui a été cachée à dessein... Selon lui, chez Bygmalion, tout le monde

1. Entretien avec l'auteur, 21 août 2014.

aurait eu peur qu'il mette un coup de pied dans la fourmilière. « Je n'aurais pas hésité à tout rendre public si cela avait été nécessaire pour que l'entreprise fasse valoir ses droits. J'avais accès aux médias et aucune raison de protéger Nicolas Sarkozy ou ses proches. [...] Que des hommes politiques disent ne rien savoir sur le fonctionnement de leur campagne, sur l'organisation ou le coût d'un meeting... C'est tout simplement baroque. » On lui retourne la question. Et lui, qui connaît les règles des campagnes électorales pour avoir travaillé avec Jean-François Copé pendant dix ans, comment a-t-il pu ignorer que les 22 millions gagnés par son entreprise en 2012 étaient suspects ? « Rien de ce dont j'avais eu connaissance comptablement sur le montant de nos prestations facturées au candidat Sarkozy ou à l'UMP ne semblait incohérent. Que des dépenses de campagne soient prises en charge par le parti et le reste par le candidat, c'est classique et tout à fait légal. »

Existe-t-il des preuves écrites de l'implication de Bastien Millot dans la magouille ? Nos sources ne le pensent pas. La réunion s'est tenue de façon informelle, elle n'a pas été organisée par mail ou par SMS. Devant la justice, ce sera donc parole contre parole... Mais, dans son entreprise, Bastien Millot avait plutôt la réputation de se tenir au courant de tout. L'un des salariés nous raconte comment son ancien patron, en arrivant dans les nouveaux locaux parisiens de la rue de Milan à l'été 2012, avait décidé de délaisser le premier étage, plus luxueux, climatisé, pour convertir en bureau l'ancienne salle de réunion située au rez-de-chaussée. Grâce aux portes vitrées donnant sur la cour intérieure, ce bureau permettait à Millot de ne pas louper une miette des allers-retours des clients et des salariés.

4

Trois mois au rythme des révélations dans la presse

« Je remercie la presse. »
Jean-François Copé,
le 22 mai sur RTL, puis le 27 mai sur TF1

L'hommage est inattendu. Ce mardi 27 mai, celui qui n'est plus président de l'UMP que pour quelques jours encore est l'invité du 20 heures de TF1. La mine contrite, le phrasé posé et lent, Jean-François Copé remercie *Libération* de l'avoir informé quelques jours plus tôt des turpitudes financières de son parti. Jean-François Copé n'a pas l'habitude d'être tendre avec les journalistes, ces « parangons de vertu » qui s'érigent en « procureurs » tout en s'abritant derrière les mots « transparence et démocratie »[1]. Ils lui ont bien souvent

1. Jean-François Copé lors de sa conférence de presse du 3 mars 2014.

rendu la vie dure. Mais ce jour-là, Jean-François Copé répète qu'il ne savait rien, et qu'il a tout appris dans les colonnes du journal. Ce sont ses plus proches collaborateurs qui ont abusé de lui et lui ont menti.

Après cette dernière intervention médiatique, Jean-François Copé s'astreint au silence et ne parlera plus publiquement pendant des mois. Ce n'est qu'en plein mois d'août, prévenu par des proches que nous menons une enquête, que l'ancien patron de l'UMP nous rappelle, par « correction », et livre ses premiers mots sur cette affaire qui lui a coûté sa place. Pour nous décrire son rôle dans l'affaire Bygmalion, Jean-François Copé évoque l'histoire du petit pompiste, en référence à l'une des scènes les plus fameuses du film *Itinéraire d'un enfant gâté* de Claude Lelouch. Dans cette séquence, Jean-Paul Belmondo, vieux loup aguerri par la vie, tente d'apprendre au jeune Richard Anconina de ne « jamais avoir l'air étonné » par rien, peu importe l'énormité de ce qu'il apprend. « Tu sais que ton père était avec le petit pompiste avant ? » lui lance Belmondo. Le jeune homme candide aux traits élastiques change de visage et roule de grands yeux incrédules… « Quand j'ai appris la vérité sur les fausses factures révélées par *Libération*, j'ai eu la même réaction, nous raconte l'ancien président de l'UMP. Les bras m'en sont tombés. Comme je l'ai dit à plusieurs reprises, j'ai tout appris dans ce journal, je l'ai remercié, et je le pensais. Il m'est arrivé souvent de critiquer les journalistes lorsqu'ils condamnent par parti pris avant de vérifier scientifiquement les faits. Mais là, je l'assume, j'ai dit merci à la presse. » Comment justifie-t-il son ignorance de tout ce système organisé par ses plus proches collaborateurs ? Comment expliquer que les comptes de l'UMP, déficitaires et affichant en 2012 des dépenses de 33 millions d'euros pour la seule communication ne l'aient pas alerté, lui l'énarque, l'ancien ministre du Budget ? « On m'a raconté une histoire qui était parfaitement crédible, se défend-il. L'histoire d'une campagne présidentielle qui a coûté bien plus cher que prévu. Quand toute une chaîne de gens, avec qui vous travaillez, vous raconte cette histoire, que les experts-comptables valident les comptes et que les commissaires aux comptes les certifient sans réserve… Je ne pouvais pas savoir, c'est impossible. Je suis un chef, si on m'alerte, je prends des décisions, mais si je ne sais rien ? Ça me fait sourire quand je vois le Tout-Paris qui dit : "Oh, Jean-François Copé, comment pouvait-il ne rien savoir ?" Qui, parmi ceux qui exercent de grandes responsabilités comme les politiques, maires, chefs d'entreprise…, peut être certain, malgré tous les contrôles, qu'on ne lui dissimule rien ? » Pourquoi, d'après lui, Jérôme Lavrilleux et ceux qu'il désigne comme son « entourage » sans préciser les noms lui auraient-ils menti ? « Pour ne pas faire d'histoires. Pour ne pas créer un problème entre Nicolas Sarkozy et moi. »

Pour l'ancien patron du parti qui a toujours rêvé de l'Élysée, aucune forme de retour n'est envisagée avant 2015, dit-on dans son entourage. J'ai décidé de continuer à travailler, mais en silence, en attendant que la justice avance, explique-t-il. Ce qui me donne une grande force, c'est que je sais que je ne savais rien : c'est la force de la vérité et des faits. Tous les gens de bonne foi l'ont compris. Les autres, ils instrumentalisent cette affaire pour servir leurs intérêts. Moi aujourd'hui je veux faire de la politique autrement, en finir avec ces comportements médiocres, instaurer un nouveau rapport avec les Français. » Considère-t-il sa démission comme injuste ? « Devant une telle violence, une telle haine, ma parole était totalement inaudible, constate simplement Jean-François Copé. L'un des combats de ma vie a été de lutter contre l'injustice. Dans cette affaire j'ai été traité de manière injuste. Mais, étant donné le climat qui régnait, c'était bien que je démissionne, il y avait tellement de gens qui instruisaient à charge. C'est bien d'avoir pris du recul. »

Jean-François Copé dit-il la vérité ? Jean-François Copé a-t-il pu ne rien savoir ? « Soit c'est Hollywood, c'est l'Actor's Studio… soit il ne savait vraiment rien », note un cadre de l'UMP, pas franchement l'un de ses amis, qui l'a côtoyé de près pendant les longues semaines agitées de révélations médiatiques de l'hiver puis du printemps 2014. « Quand on regarde l'histoire de loin, évidemment, ça semble impossible. Quand on regarde de près… c'est autre chose. » Un autre député, lui aussi sarkozyste, raconte comment il a vu débarquer dans son bureau de l'Assemblée nationale le président de l'UMP, défait, quelques jours après la parution de l'enquête dans *Libération*. Après avoir refusé un café, le dos collé au mur et le regard hébété, Jean-François Copé lui a lâché : « Je sais tout. Tout ce qui est dit dans la presse est vrai. C'est la campagne de Sarkozy qui a coûté ce prix-là. Lavrilleux m'a tout raconté. » Son interlocuteur, qui a gardé le silence, se souvient de l'avoir vu devenir blanc, puis vert, puis rouge. « Je ne le savais pas, a-t-il continué, en monologuant. Ils ont passé des factures, il y en avait pour des millions, je n'étais pas au courant. » Le député est resté coi. Puis a retrouvé ses esprits. « Dans l'affaire, il y a ton actuel directeur de cabinet, chez Bygmalion, il y a ton ancien directeur de cabinet et chef de cabinet… J'aimerais pas être à ta place. » Jean-François Copé opine de la tête, mais répète : « Je ne le savais pas. » « À ce moment-là, je n'ai pas eu le cœur de l'enfoncer, conclut notre député-confesseur. Mais j'avais envie de lui demander s'il savait qu'il était maire de Meaux ou si ça aussi il l'apprenait aujourd'hui. »

Le Point *et « L'affaire Copé »*

Les révélations dans la presse débutent en février 2014. C'est le magazine dirigé par Franz-Olivier Giesbert qui tire la première salve contre le président de l'UMP. Sous le titre « L'affaire Copé », *Le Point* publie une enquête sur les rapports troubles entre la société Bygmalion et l'UMP[1]. D'après les journalistes d'investigation qui ont réalisé l'enquête, la société Event & Cie, filiale de Bygmalion chargée de l'événementiel, aurait empoché 8 millions d'euros pendant la campagne 2012 pour organiser les meetings. Ces meetings auraient été surfacturés. Le magazine pose enfin la question de la destination de ces millions d'euros payés par l'UMP : Jean-François Copé a-t-il braqué le parti ? S'est-il constitué une caisse noire en vue d'une prochaine élection ? L'argent a-t-il permis un enrichissement personnel pour le président de l'UMP et son parti ?

C'est une énorme claque pour Jean-François Copé, qui crie immédiatement à la manipulation et au complot. « Je l'ai vu le jour de la parution de l'article, il était pâle, se souvient un de ses proches. Jérôme Lavrilleux tentait de le rassurer. Je me demande aujourd'hui, à la lumière de tout ce qu'on a appris, s'ils ont pu tous les deux jouer la comédie à mes dépens… Mais cela me semble tout à fait impossible. » Jean-François Copé explique à tous ceux qu'il croise que pas un seul mot de l'article n'est vrai. Et qu'il va riposter. Mais comment ? Doit-il porter plainte ? Jean-François Copé y tient, et le dit à son avocat Me Hervé Temime. Le défenseur de Bernard Tapie, Roman Polanski, ou encore de Jacques Servier, est un ténor du barreau, l'un des avocats les plus en vue à Paris depuis de

1. Mélanie Delattre et Christophe Labbé, « L'affaire Copé : Sarkozy a-t-il été volé ? », *Le Point* du 27 février 2014.

nombreuses années. Il est de toutes les grosses affaires du moment, mais ne défend pas forcément les protagonistes les plus politiques. Dans l'affaire Bettencourt par exemple, il a longtemps été l'avocat de François-Marie Banier, le dandy poursuivi pour abus de faiblesse à l'encontre de l'héritière de L'Oréal. Ce n'est pas l'avocat traditionnel de la droite. Avant de rencontrer le maire de Meaux, il a d'abord connu Nadia, la seconde épouse de Jean-François Copé, par des amis communs. Jusque-là, il n'a pas eu de gros dossiers avec son client. Avant de poursuivre *Le Point* en diffamation, Me Temime aimerait donc en savoir un peu plus sur le fond de l'affaire, savoir dans quelle mesure le terrain est miné. *Idem* pour Me Patrick Maisonneuve, désigné par la société Bygmalion. L'avocat parisien, lui, est plutôt classé à gauche. Il a défendu Pierrre Beregovoy, et nombre de brebis du PS égarées dans les méandres des ennuis judiciaires comme Jean-Noël Guérini. Mais Patrick Maisonneuve est surtout inclassable, et très difficile à attaquer pour les sarkozystes. Il est, en effet, l'avocat de Bernard Squarcini, l'ancien patron du renseignement intérieur (DCRI) et l'homme de confiance de l'ancien président de la République. Hervé Temime et Patrick Maisonneuve se connaissent bien. Après les révélations du *Point*, pendant le week-end, une réunion est donc organisée avec leurs clients pour faire le point sur le dossier, vérifier que les violons sont accordés. Invoquant le secret professionnel qui entoure les conversations avec leurs clients, les deux avocats contactés ne veulent pas en dire plus sur la teneur des propos échangés ce jour-là. Un autre participant raconte. Guy Alves et Bastien Millot sont là, ainsi que Jérôme Lavrilleux et Jean-François Copé. Contrairement à ce que tous affirment, ils ont donc été en contact en ce début d'année, même brièvement, pour évoquer le dossier. Y a-t-il du vrai dans l'article du *Point* ? Tous démentent avec force. Pas de caisse noire, par de rétro-commissions, pas d'enrichissement personnel, ni de comptes à l'étranger… L'UMP a bien payé Event & Cie, mais simplement pour organiser des meetings. Seul Millot, assis en retrait sur un canapé, reste quasi muet. Il se contente de dire que la finance, ce n'est pas son truc. D'après certains participants, l'ex-patron de Bygmalion semble donner l'impression que le sujet ne le concerne pas. Aucun mensonge n'est prononcé mais aucune vérité n'est avouée. Deux plaintes en diffamation vont être déposées contre *Le Point*, qui n'ont pas été retirées à l'heure où nous bouclons cette enquête.

Deuxième vague de la riposte : le lendemain, le 3 mars, Jean-François Copé organise une conférence de presse au siège de l'UMP. Ses proches en gardent un souvenir cuisant. « Il était nul et on comprend pourquoi aujourd'hui, explique l'un d'eux. Il ne comprenait pas de quoi il parlait. » Jean-François Copé évoque une proposition de loi « très simple, très claire ». « Elle demandera à chaque parti ayant des représentants […] ouvrant droit à un financement public de mettre à la disposition de ceux qui le souhaitent l'ensemble des documents comptables de leur parti. »

D'ailleurs, explique-t-il, il a d'ores et déjà demandé au directeur général des services de l'UMP de préparer tous ces documents. « L'intégralité de la comptabilité de l'UMP ainsi que les archives concernant les campagnes de 2007 et 2012 » vont être placées « dans une pièce scellée par huissier », et qui sera ouverte quand la loi entrera en vigueur. L'annonce est grotesque. Qui peut croire que l'élu, en annonçant la mise sous scellés de quelques cartons, est sincère ? La pirouette maladroite du nouveau chantre de la transparence est interprétée comme un aveu de culpabilité. L'idée ne vient pas de Jean-François Copé. Elle lui a été soufflée par Jérôme Lavrilleux. « Je lui ai demandé, en effet, de faire cette déclaration. À cette date, je n'avais qu'une seule crainte : que quelqu'un vienne faire le nettoyage dans les comptes du parti, confie Lavrilleux. Je savais que la vérité sur les fausses factures serait découverte, ce n'était plus qu'une question de semaines. J'avais peur que certains viennent nuitamment faire le ménage et effacer les traces de leurs responsabilités. Les documents comptables prouvent que tous les engagements de dépenses ont été signés par plusieurs personnes. Ils désignent les responsables[1]. »

Au lieu de poursuivre sur le fond de l'affaire, Jean-François Copé attaque les journalistes. Et notamment Franz-Olivier Giesbert, dont il ne prononce pas le nom mais dresse un féroce portrait. Pas de doute : derrière « ces tartufes bouffis d'orgueil, si pleins d'eux-même,

1. Entretien avec l'auteur, 18 juin 2014.

tellement admirateurs de leur propre image », se cache FOG, l'un des pires ennemis de Jean-François Copé dans le marécage des éditorialistes politiques. La haine entre les deux hommes date de la guerre pour la présidence du parti en novembre 2012. Depuis, FOG ne cesse de répéter sur tous les plateaux télé que Jean-François Copé a triché pour remporter l'élection. En 2013, sur RMC, le journaliste avait même déclaré : « Qu'est-ce que je lui reproche ? Écoutez, il est nul, je crois que c'est ce qu'il faut dire, tout simplement. » Au mois de mai 2014, le jour de la démission de Jean-François Copé, FOG n'est toujours pas calmé. Au micro d'i>Télé, il déclare : « Il va disparaître dans les égouts très rapidement. C'est sa place d'ailleurs. » Dans une relative indifférence, le journaliste compare donc Jean-François Copé… à un rat. « Le rat, c'est la terminologie utilisée sous Vichy, fait remarquer un proche de Jean-François Copé, indigné. Les rats ce sont les Juifs en 1940. La violence extrême de ces attaques a été très difficile à vivre pour lui. »

Les journalistes ne sont pas les seuls à demander des comptes à Jean-François Copé. À l'UMP, les voix s'élèvent pour exiger la transparence en interne. Depuis la guerre fratricide pour la présidence du parti à l'automne 2012, le climat n'est jamais redevenu serein. Le camp Fillon attend son heure. L'ancien Premier ministre en profite donc pour réclamer un comité de surveillance des comptes du parti. Quelles sont les sommes qui ont été versées à Bygmalion en 2012 ? Pour quelles prestations ? Un comité stratégique se réunit le

8 avril pour faire un point sur les finances. Devant plusieurs ténors du parti, dont Alain Juppé, Jean-Pierre Raffarin, Bernard Accoyer et Laurent Wauquiez, Jean-François Copé explique que les chiffres avancés par *Le Point* sont mensongers. Un document de cinq pages est distribué pour prouver sa bonne foi. Sa lecture aujourd'hui donne le tournis. En effet, l'un des chiffres essentiels à la compréhension de l'affaire, les 23 millions versés par l'UMP à Event & Cie en 2012, est écrit noir sur blanc, mais noyé au milieu d'une longue phrase à la ponctuation calamiteuse et rendue (à dessein ?) incompréhensible. Il faut avoir flairé le loup pour lire jusqu'au bout ce paragraphe consacré aux événements organisés par Event & Cie... et le comprendre : « ... sur la période 2011-2012, 143 événements concernant les activités de l'UMP, et les élections présidentielle et législatives, se sont déroulés (conseils nationaux, universités d'été, conventions...) variant de 4 000 à 1 630 000 euros pour l'université de Marseille... », est-il écrit dans ce document. Évoquer la période 2011-2012, deux années qui ne sont pas comparables en termes de dépenses, permet de provoquer la confusion. Tous les événements sont mélangés, en dépit du bon sens. Pour noyer encore le poisson, la direction de l'UMP évalue à « 190 000 euros » le coût moyen d'un événement. Il est absurde mais malicieux, de chercher à faire une moyenne entre le coût d'un petit-déjeuner thématique avec des militants et le conseil national de Villepinte. La phrase n'est toujours pas terminée. S'ouvre une nouvelle parenthèse :

« (4,5 millions d'euros en 2011 et 23 millions d'euros en 2012, dont 3,1 millions d'euros ont été intégrés aux comptes de la campagne présidentielle.) » Nous y voilà. En 2012, le parti a donc bien réglé 23 millions d'euros à la société Event & Cie, et seuls 3,1 millions ont été déclarés aux comptes de campagne de Nicolas Sarkozy. À quoi ont donc servi les 20 millions restants ? Quand le document est imprimé, en avril 2014, cette vérité est indétectable. Personne ne pose donc la question qui permettrait de comprendre dans le détail comment cette somme astronomique a été dépensée. Un seul chiffre évoqué par ce document est inexact : la marge prise par Bygmalion pour l'organisation des meetings. Elle y est évaluée entre 12 et 15 %, alors qu'elle se situe en fait presque au-dessus du double. « Lors du comité stratégique où tous ces chiffres sont donnés, Fabienne Liadzé est aux côtés de Jean-François Copé, raconte un de ses collaborateurs. Il lui a demandé de venir. Elle a posé sur le bureau toutes les factures de la campagne. Y compris les fausses. Mais personne ne lui demande rien. Elle va donc repartir avec. » La teneur de la réunion fuite dans la presse. Chez Bygmalion, on n'en revient pas. « Quand j'entends Jean-François Copé parler de l'opération transparence sur les comptes du parti, je me dis qu'ils ont tous perdu la tête, raconte l'un des cadres. Et quand j'entends les sarkozystes accuser Jean-François Copé de les avoir volés... je reste sans voix. Jean-François Copé évoque en plus une marge pour Bygmalion qui est fausse. Puis il évoque la somme de 23 millions d'euros. Là je comprends que le compte à rebours a commencé, que tout va être dévoilé en place publique. »

Libération *et les folles factures de l'UMP*

Quelques semaines plus tard, en effet, le pot aux roses est découvert par *Libération*. Le 15 mai, le quotidien publie en une le titre : « Les folles factures de l'UMP ». C'est un matin comme tous les autres pour Jean-François Copé. La veille, il a laissé Jérôme Lavrilleux, son fidèle collaborateur, répondre aux questions du journal sur l'enquête à paraître... Il a à peine évoqué devant son patron la parution de cet article qu'il sait pourtant être une bombe. Il a voulu rassurer Jean-François Copé. « Ne vous en faites pas, il n'y a rien de nouveau. » Il est 9 heures, les revues de presse moulinent sur les fausses factures de l'UMP mais le bruit n'arrive pas aux oreilles du président de l'UMP. Une conférence de presse est organisée ce matin-là au siège du parti sur le thème de l'outre-mer. « Les journalistes présents ne tiltent pas, raconte un proche de Jean-François Copé. On se disait tous c'est trop gros, c'est *Libération*, ils nous en mettent plein la gueule à la veille des européennes, fermez le ban il n'y a rien à voir. » C'est d'ailleurs le ton adopté par Jean-François Copé à la sortie de la conférence de presse. Après avoir assuré n'être « dupe de rien, ni moi ni personne à l'UMP », Jean-François Copé enchaîne sur le thème du complot politique : « On approche des européennes, explique l'ancien ministre. On nous a fait ça avant les municipales avec les mêmes allégations, le tout mélangé, amalgamé, mal vérifié. » Qui lui a conseillé cette saillie ? Elle est difficilement compréhensible aujourd'hui. Car les révélations sont claires. Le quotidien s'est procuré les factures d'une cinquantaine de conventions qui n'ont jamais existé, Jean-François Copé le sait bien. La somme réglée par l'UMP pour ces événements fictifs s'élève à près de 13 millions d'euros. Ces chiffres ont même été confirmés la veille par Lavrilleux au journal. Ce dernier n'a ajouté qu'un bémol : toutes les conventions ont existé. « Et si vous écrivez le contraire, je vous attaquerai en justice[1]. »

Juste avant le déjeuner, Jean-François Copé décroche son téléphone. Il appelle Pierre Lellouche, député de Paris. D'après les factures que révèle le quotidien ce dernier est censé avoir participé à une convention portant sur « L'accès au crédit » le 30 mai 2012, un événement facturé par Event & Cie à l'UMP pour la coquette somme 299 000 euros (annexe 12). Or Pierre Lellouche a bien fouillé dans ses agendas, le 30 mai 3012, était en pleine campagne électorale pour les législatives. Il s'est rendu à l'assemblée pendant la journée. Et, le soir, son agenda de l'époque lui rappelle qu'il a assisté à une réunion aux côtés de Xavier

1. Entretien avec l'auteur, 14 mai 2014.

Bertrand avec des médecins. Nulle trace de convention organisée à grands frais de traiteur (21 000 euros), de son et lumière (66 000 euros), etc. La veille au soir, la somme évoquée par *Libération* a d'ailleurs manqué le faire s'étouffer. « Tout ça ? Pour moi ? Le plafond des législatives n'excède pas les 45 000 euros par candidat, et l'UMP m'a donné comme à tous les autres 6 000 ou 7 000 euros, pas plus[1]. » Il l'a dit à *Libération* la veille, et le répète à Jean-François Copé au téléphone. « Jean-François Copé m'a alors répondu que la convention avait dû avoir lieu, mais sans moi, se souvient Pierre Lellouche. Il a tenté de me rassurer, en me disant : "C'est une erreur que ton nom soit mentionné mais l'événement a eu lieu[2]." »

Le député saisit malgré tout son avocat, Me Olivier Schnerb. « Je voulais protéger mon nom », explique Pierre Lellouche. Pour ne pas « porter préjudice à [sa] famille politique », il ne portera plainte qu'au lendemain des élections, le 26 mai, après avoir été entendu à Nanterre par les enquêteurs de l'Office central de lutte contre la corruption. Jean-François Copé, lui, est inquiet. Cet échange ne lui plaît pas. Quand il croisera de nouveau Pierre Lellouche dans les couloirs de l'UMP la semaine suivante, le premier avouera d'ailleurs au second que ce coup de fil a été décisif. Que c'est à partir de cette conversation, qu'il a compris que quelque chose n'était pas clair... Mais pas question

1. Violette Lazard, « Les folles factures de l'UMP », *art. cit.*
2. Entretien avec l'auteur, 17 juillet 2014.

de changer son emploi du temps, de s'affoler. Jean-François Copé a la peau dure et du sang-froid.

L'après-midi même, le président de l'UMP doit se rendre à Toulouse pour soutenir Michèle Alliot-Marie, tête de liste aux européennes pour le Grand Sud-Ouest, qui organise un meeting. Mais une grève perturbe certains vols… « Nous n'avions qu'une peur : que son avion pour Toulouse soit annulé et que son absence soit interprétée à la lumière de l'article sorti le matin même », se souvient un proche. L'avion de Jean-François Copé finit par décoller. De Toulouse, le président de l'UMP passe un autre coup de fil décisif. Celui-ci est pour Fabienne Liadzé, la directrice des affaires financières de l'UMP. Il exige des explications, et la tenue d'une réunion dès le lendemain matin rue de Vaugirard. Il lui demande d'être présente. Lavrilleux est en campagne, il ne pourra pas y participer. Jean-François Copé réclame également la présence d'Éric Cesari, le directeur général des services, et de la personne qui s'est occupée de tout ça chez Event & Cie. « Qui est-ce ? » demande Jean-François Copé. Réponse : « Franck Attal. – Amenez-le-moi », conclut Jean-François Copé.

À plus de mille kilomètres de Toulouse, dans les bureaux d'Event, le téléphone de Franck Attal sonne peu après. Il n'a pas parlé à Fabienne Liadzé depuis longtemps. Après un échange de politesses, Liadzé aborde le sujet brûlant du jour… la conversation paraît absurde à Franck Attal aujourd'hui. Elle lui lance : « T'as vu les articles ? C'est n'importe quoi, on a rien fait d'illégal... Bon, il faudrait qu'on se voie tout à l'heure. » Fabienne Liadzé a-t-elle peur d'être sur écoute ? Finalement, nouveau coup de téléphone quelques minutes plus tard, le rendez-vous est fixé au lendemain, en début de matinée. « Il y aura qui ? demande quand même Attal. – Jean-François Copé veut te voir. »

Le lendemain matin, au huitième étage du siège du parti, ni Lavrilleux ni Cesari, les anciens correspondants d'Attal pendant la campagne, ne sont là. À ses côtés sont présents Fabienne Liadzé, Emmanuelle Robin-Teinturier, la directrice des études à l'UMP, et Guillaume Bazaille, le responsable de la communication. Attal s'inquiète. « Jean-François Copé a des questions à te poser », lui susurre un des participants. « J'ai commencé à me sentir mal, se souvient Franck Attal. J'ai eu le sentiment que je pouvais me faire pigeonner... Si Jean-François Copé, à qui je n'ai jamais parlé directement sauf pour lui tendre un micro lors de la préparation des meetings, avait des questions, ne pouvait-il pas les poser à quelqu'un d'autre ? Pourquoi me faire venir si ce n'est pour me faire porter le chapeau[1] ? » Il est trop tard pour reculer, Jean-François Copé arrive seul. La petite troupe entre dans la grande salle de réunion. Commence alors un épisode surréaliste. Un dialogue dont Franck Attal se souviendra toute sa vie.

1. Entretien avec l'auteur, 17 juillet 2014.

« Franck je voulais vous voir… j'avais des questions à vous poser, il y a des choses qui se racontent. C'est quoi ces factures de convention ? » débute Jean-François Copé. Attal ouvre de grands yeux. Il croit à une mauvaise blague, mais, autour de lui, personne ne sourit, les regards fuient. « J'ai peur de ne pas bien comprendre… » Le président de l'UMP le laisse à peine finir sa phrase. « Je suis clair. Il y a des factures, vous avez fait quoi ? Vous avez facturé des prestations que vous n'avez pas faites ? » Que son interlocuteur ne sache rien, ou qu'il feigne l'ignorance, c'est pareil. Franck Attal comprend qu'il ne va pas échapper à des explications. « Nous avons fait ces prestations… Mais nous les avons facturées hors des comptes de campagne, pour que ceux-ci ne soient pas dépassés. » Le président de l'UMP en a le souffle coupé. Il marque un temps d'arrêt, abasourdi. Lève les sourcils, agite les bras, gonfle les joues. Et parvient à articuler : « Vous vous rendez compte de ce que vous me racontez là ? Vous vous rendez compte pour quelqu'un qui prétend gouverner la France ? Des choses comme ça qui se passent chez lui sans qu'il le sache ? » Un peu plus et le professionnel de l'événementiel éclaterait d'un grand rire teinté d'amertume… Depuis deux ans et demi, Attal se rend bien compte, en effet, de l'ampleur du délit dont il est devenu le complice. « Qui est au courant ? demande enfin Jean-François Copé. – Ici, tout le monde. Et au sein de Bygmalion, j'ai des présidents, qui ont pris cette décision. » Il ne juge pas nécessaire, en cet instant, de rappeler à Jean-François Copé que l'un de ses présidents se nomme Bastien Millot, et qu'il est l'un de ses plus proches amis. Il préfère ajouter : « Je dirai la vérité à la justice. – Évidemment », conclut Jean-François Copé, avant de clore la réunion.

Pourquoi Éric Cesari, pourtant convié, est-il absent ? « J'étais en campagne à Courbevoie quand on m'a appelé pour que je participe à cette réunion, se souvient-il. Il fallait venir tout de suite, j'ai dit que je ne pouvais pas... personne n'a insisté. » Pour l'ancien DG, cette entrevue ressemble à s'y méprendre à une mise en scène. « C'est une réunion bidon, organisée par Jean-François Copé pour bien montrer qu'il ne savait rien. La preuve : personne ne m'a appelé pendant le week-end ! Jean-François Copé aurait appris un truc de cette ampleur et il ne m'appelle pas ? Moi j'aurais fait chauffer mon téléphone. C'est insensé[1]. »

À la fin de la réunion, Franck Attal est sonné. Fabienne Liadzé le raccompagne dans le vaste hall du siège. « Nous étions très mal, elle et moi, se souvient Franck Attal. Elle m'a demandé comment tout cela allait finir... Je lui ai dit qu'il fallait que chacun assume ses responsabilités, qu'elle n'avait pas à assumer des choix qu'elle n'avait pas faits. »

Au cours de la semaine qui va suivre, le salarié d'Event est gagné par le doute. Jean-François Copé s'est-il moqué de lui ? L'a-t-il convoqué pour écrire ensuite un scénario crédible, destiné à le disculper ? A-t-il feint la surprise, devant témoins, pour assurer

1. Entretien avec l'auteur, 19 juillet 2014.

son avenir ? « Cette réunion, ça ne me paraissait pas crédible, confie-t-il. Lavrilleux savait tout. Millot aussi. Et c'est à moi qu'il demande ? À ce moment-là, j'ai eu peur d'être un alibi, d'être manipulé, qu'on me fasse porter la responsabilité… Je me souviens d'avoir dit à des proches pendant le week-end qui a suivi que je ne voulais pas être le Jérôme Kerviel de cette affaire. J'ai eu très peur que les responsables se cachent derrière des gens comme moi qui n'avaient fait qu'exécuter les ordres. »

Jean-François Copé ne s'entretient avec Jérôme Lavrilleux que le dimanche. « Pourquoi ne m'avez-vous jamais informé ? » lui demande Jean-François Copé. Les deux hommes se vouvoient, même s'ils travaillent ensemble depuis dix ans et se parlent en moyenne quarante fois par jour en direct ou par téléphone. « Je lui ai répondu que je n'avais pas pu[1] », répond Lavrilleux. À en croire son ancien bras droit, son double même, Jean-François Copé est d'abord soulagé d'entendre Lavrilleux lui raconter la même histoire que celle de Franck Attal, l'histoire qu'il répétera sur BFM-TV. Il pense ainsi qu'on ne pourra pas l'accuser d'avoir mis de l'argent dans sa poche, ni le soupçonner d'avoir volé Nicolas Sarkozy. Mais il est en colère contre Lavrilleux, qui lui explique les raisons de son silence. « Je ne pouvais pas… Si je l'en avais averti, et qu'il eût décidé de le garder pour lui, il devenait complice de l'affaire. S'il la rendait publique,

1. Entretien avec l'auteur, 18 juin 2014.

il aurait provoqué le plus gros scandale en matière de campagne électorale qu'on n'ait jamais connu... Et il aurait été accusé d'avoir fait ça pour tuer Sarkozy. Donc j'ai pris la décision de ne pas lui en parler. Pour moi il aurait été psychologiquement plus simple de transférer la responsabilité à quelqu'un d'autre. Je continue de penser aujourd'hui que, dans le contexte de l'époque, je ne pouvais pas faire autrement. » Invité le soir même sur BFM-TV, Jean-François Copé prend lui aussi la décision de se taire jusqu'aux élections européennes. Mais il n'insulte plus la presse. Et n'évoque plus des « allégations mal vérifiées ». « Je ne me déroberai pas, de la responsabilité qui est la mienne, de veiller à ce que toute la lumière soit faite, déclare-t-il. Je transmettrai moi-même à la justice tous les éléments que je peux avoir[1]. »

Le lendemain, Jean-François Copé voit enfin Éric Cesari. « La réunion a duré quatre minutes, se souvient le DG. Jean-François Copé a commencé par prendre la parole, à faire son plaidoyer en disant qu'il ne savait rien. Puis il m'a dit : "Tu as fait quoi ?" Je lui ai expliqué que je n'avais pas la signature en banque. Que je n'étais pas en mesure de faire quoi que ce soit[2]. » Le soir de cette entrevue, Michèle Tabarot croise Jean-François Copé à un meeting à Marseille, où il s'est déplacé pour soutenir la candidature de Renaud Muselier aux européennes. « Il était estomaqué, abattu, accablé, se

1. BFM-TV, 18 mai 2014.
2. Entretien avec l'auteur, 18 juillet 2014.

souvient l'élue des Alpes-Maritimes, membre du premier cercle copéiste. J'ai vu quelqu'un K-O. Il n'était pas en colère, ce n'est pas dans son caractère. Il prend les coups mais il avance, quand il ne peut pas changer les choses, alors il constate, il n'est pas rancunier… C'est d'ailleurs un point sur lequel nous sommes très différents. » Michèle Tabarot comprend qu'on puisse ne pas le croire. « Moi je le connais, c'est quelqu'un qui délègue beaucoup. Il ne va pas regarder vingt fois ce que vous êtes en train de faire. Je pense sincèrement qu'il n'a pas été informé du système des fausses factures[1]. » Pendant toute la semaine, Jean-François Copé est l'ombre de lui-même. Un député sarkozyste, Philippe Briand, également trésorier de la campagne 2012, se souvient de l'avoir vu effondré dans son bureau. « Il m'a tout raconté, il était abasourdi, marqué physiquement, il m'est apparu extrêmement sincère et bouleversé[2]. »

Et Nicolas Sarkozy dans tout ça ? Jean-François Copé se rend dans les bureaux de l'ancien président de la rue de Miromesnil à la veille des élections européennes, le vendredi 23 mai. Les deux hommes s'entretiennent en tête à tête. D'après des sources indirectes, auxquelles cet entretien a été rapporté, l'échange est cordial. Jean-François Copé explique à l'ancien président ce qu'il a appris cette semaine-là. Le dépassement de ses comptes de campagne. L'existence de

1. Entretien avec l'auteur, 31 juillet 2014.
2. Entretien avec l'auteur, 23 juillet 2014.

fausses factures pour le masquer. Son ignorance de tout le système, et la trahison de Jérôme Lavrilleux. Sarkozy tombe des nues. Mais il ne veut pas y croire. Et répète que Bygmalion, ce ne sont pas ses amis à lui, ce n'est pas lui qui les a choisis. Il se débarrasse du fardeau avant même d'avoir tenté de le soupeser. « J'ai vu Nicolas Sarkozy le 23 mai, juste avant les élections européennes, et je lui ai dit ce que moi-même j'avais appris une semaine plus tôt sur les dépassements de sa campagne. Il m'a écouté », confirme Jean-François Copé. Mais Nicolas Sarkozy ne veut pas y croire.

Le lundi suivant les élections, il balaie d'ailleurs le sujet d'un revers de la main. Dans son bureau, sa collaboratrice Véronique Waché est là, aux côtés de son directeur de cabinet, l'ancien préfet de police de Paris Michel Gaudin, et de Brice Hortefeux. Son plus fidèle conseiller tente de l'avertir du danger imminent que représente Bygmalion. Jérôme Lavrilleux n'a pas encore livré ses aveux en direct sur BFM-TV. « Ça vient vers toi cette affaire », l'alerte Brice Hortefeux. Réponse : « Cette affaire, ce n'est pas mon problème. » Un système de défense dont il ne se départira plus. Pendant l'été, il ne reverra plus Jean-François Copé et ne décrochera plus son téléphone quand le nom de son meilleur ennemi s'affichera. Ce n'est qu'à la rentrée, début septembre, que les deux hommes se parlent à nouveau. Nicolas Sarkozy reçoit Copé rue de Miromesnil pour s'assurer de son soutien à sa candidature à la présidence du parti. Copé le lui accordera.

5

La chute de Jean-François Copé, l'homme qui ne savait rien

« Barre-toi. »
Dominique Dord à Jean-François Copé
lors du bureau politique
de l'UMP du 27 mai 2014

« Cela suffit de dire simplement on ne savait pas, on n'avait pas vu, on n'était pas au courant, on ne peut pas se satisfaire de cela ! » Il y a des phrases qu'on préférerait n'avoir jamais prononcé et qui vous reviennent comme des boomerangs. Quand Jean-François Copé prononce ces quelques mots en avril 2013 au micro d'Europe 1, il est à la tête de l'UMP. Jérôme Cahuzac, le ministre PS du Budget fraudeur du fisc vient de démissionner, et l'opposition accuse François Hollande de l'avoir couvert. Le même Jean-François Copé poursuit : « Soit il ne savait rien et c'est extrêmement grave parce que ça signifie que lui-même fait preuve d'une certaine candeur, soit il savait, et il a menti aux Français. » Il demande ensuite le départ du Premier ministre pour « retrouver un minimum de sérénité pour la France ».

Un an plus tard, au printemps 2014, Jean-François Copé refuse d'être aussi sévère avec lui-même. S'il ne savait rien sur les fausses factures de l'UMP et les 18 millions d'euros cachés versés à Bygmalion, ce n'est pas par candeur, c'est par excès de confiance envers ses collaborateurs et il estime que cela l'exonère de toute responsabilité... ou presque. Il va donc chercher jusqu'au bout, jusqu'à la dernière minute, à conserver son siège de président du parti.

Jeudi 12 juin 2014

Jean-François Copé est sur le point de quitter la présidence de l'UMP. Le pot de départ n'est pas des plus spontanés. Ce jeudi 12 juin, vers midi, tout le personnel de la rue de Vaugirard est rassemblé dans la grande salle du deuxième étage du siège. Dans un coin de la pièce, des jus de fruits et quelques bouteilles de vin attendent pour l'apéritif. Le champagne n'a pas été sorti. Officiellement, l'UMP n'organise pas le pot de départ de son président : par mail, la centaine d'employés a été invitée à se retrouver pour un « briefing », et à venir dire au revoir à leur patron par la même occasion... Tout le monde obtempère.

Qui est là par amitié et respect sincère du patron ? Qui est là par obligation ? L'une des premières prises de parole est officielle. Éric Cesari, toujours DG du parti, se lève. « J'ai pesé tous mes mots, se rappelle celui qui a depuis été licencié pour faute grave, en raison de sa possible implication dans le système des fausses factures. Je lui ai dit que le personnel, par mon intermédiaire, tenait à lui exprimer sa sympathie. J'ai aussi ajouté que, compte tenu de son caractère, on était tous sûrs de le voir revenir dans le combat politique[1]. » Marc Vannesson, la plume de Jean-François Copé, enchaîne. Cette fois, le discours est dicté par l'émotion. C'est lui qui offre à la fin de ce succinct cérémonial d'au revoir – le mot adieu est évidemment banni – le cadeau acheté par les plus proches collaborateurs du président : un poster de Zorro, datant de 1937. L'affiche, est celle d'un film dont le titre est sans équivoque : *Le Retour de Zorro.* Sur le poster aux couleurs pastel, « l'homme au fouet » se tient bien droit, sûr de lui. Il promet aux futurs spectateurs « le film d'aventures le plus formidable à ce jour »... tout un programme. Jean-François Copé sourit, fait bonne figure, il est sûr qu'il reviendra. « Jean-François, à moitié pour plaisanter mais aussi parce qu'il y croit, se compare souvent à Zorro, sourit un de ses anciens plus proches collaborateurs. Il répète souvent qu'il aime ce personnage car il défend les causes justes et remonte très vite à cheval. » À ses visiteurs, parfois estomaqués,

1. Entretien avec l'auteur, 18 juillet 2014.

parfois amusés, il montre la petite figurine du héros posé sur son bureau et offerte par sa mère.

La veille au soir, dans une salle municipale plus que modeste d'Aulnay-sous-Bois (Seine-Saint-Denis), le président du parti avait tenu la dernière réunion publique de sa mandature. Ce soir-là, Jean-François Copé n'évoque pas de retrait définitif. Il ne fait pas son mea-culpa sur l'affaire Bygmalion. « Je ne savais rien », se contente d'affirmer de nouveau l'homme qui aurait dû tout savoir pour tout contrôler. Devant près de quatre cents militants et admirateurs, Jean-François Copé se montre combatif. « Faire de la politique autrement, c'est d'abord ne jamais oublier que nous sommes là pour servir la France. » C'est aussi « imaginer un autre temps, un temps où l'on commence par se taire, on appuie sur pause, pas pour se faire oublier – ce serait insoutenable – mais parce que le silence permet de réapprendre l'écoute ». Au premier rang, son épouse, Nadia, son père et sa sœur applaudissent. Commence pour Jean-François Copé une traversée du désert qu'il annonce lui-même de courte durée. Ce soir-là, il parle de rebondir.

25 mai 2014 au soir

Un peu plus de deux semaines plus tôt, même dans ses pires cauchemars, Jean-François Copé n'imaginait pas un tel scénario. Nous sommes le dimanche 25 mai, jour des élections européennes. Le président de l'UMP n'est pas encore tombé de son fidèle Tornado, et il est persuadé de pouvoir survivre à la bombe Bygmalion qui commence pourtant tout juste à faire trembler les fondations du parti et les piédestaux de ses chefs.

Durant les jours précédents, il a reçu l'assurance des principaux ténors de l'UMP qu'il pourrait rester en poste jusqu'à l'organisation d'un prochain congrès à la rentrée. Qu'on le garderait pour assurer l'intérim du parti. Il ne craint donc pas le bureau politique de l'UMP du mardi matin qui s'annonce pourtant houleux... ou feint de ne pas le craindre. « J'ai eu tout le monde au téléphone, Xavier Bertrand, Alain Juppé, Bruno Le Maire, mardi matin, ça va être très calme. Il faudra faire l'analyse du scrutin mais il n'y aura pas de secousses », explique-t-il dans les couloirs de la rue de Vaugirard.

Au soir des élections européennes, les « grands chefs à plume » de l'UMP, comme ils aiment à s'appeler entre eux, voient donc débarquer Jean-François Copé pour la petite réunion de pré-soirée électorale. Les premières estimations qui tombent l'inquiètent, mais il n'évoque pas à un seul moment les affaires qui le menacent. Il est 19 heures. Les cadors de la droite savent déjà que le résultat des élections est catastrophique. Le Front national serait en tête, suivi par l'UMP et le PS. Les résultats définitifs viendront confirmer ces premiers pronostics. Sur fond d'abstention très élevée (57,5 %), le FN va obtenir 24,95 %, l'UMP, 20,80 % suivi par le PS, 13,98 %. C'est un séisme politique sans précédent, le parti d'extrême droite s'apprête à envoyer vingt-quatre élus au parlement de Strasbourg, contre trois auparavant.

Il est temps de préparer les « éléments de langage » que toutes les personnalités de la droite iront répéter sur les plateaux télé et les radios. L'ambiance est morose, mais Jean-François Copé n'est pas le plus affligé de tous. Alors Roger Karoutchi prend la parole pour tenter de ramener son meilleur ennemi à la raison. « Jean-François, c'est la catastrophe, lui rappelle le sénateur des Hauts-de-Seine. Tu t'étais engagé à dire toute la vérité dans l'affaire Bygmalion, tu ne vas pas être épargné... La victoire aurait pu te sauver mais la défaite est ravageuse. Ça va être désastreux pour toi et pour nous[1] ! » C'est Roger Karoutchi lui-même, assis dans un des grands fauteuils en velours de la cafétéria du Sénat, qui nous le raconte. Ancien conseiller politique de Philippe Séguin, le sénateur est devenu copéiste par raison... Il s'est même rallié au président de l'UMP pour obéir aux ordres de son véritable mentor, Nicolas Sarkozy. Avant 2010, les relations entre les deux hommes étaient tendues, et c'est un euphémisme. En 2003, Jean-François Copé, jeune loup ambitieux et porte-parole du gouvernement avait volé à Karoutchi la tête de liste des élections régionales en Île-de-France. Quelques années plus tard, en 2007, quand Karoutchi est nommé secrétaire d'État chargé des Relations avec le Parlement, Nicolas Sarkozy lui

1. Entretien avec l'auteur, 10 juillet 2014.

confie une autre mission, bien plus importante à ses yeux : cogner sur Copé. Karoutchi s'en donnera à cœur joie. Mais, en 2010, le temps de la réconciliation Copé-Sarkozy a sonné. Karoutchi est donc sommé de signer une tribune pour soutenir le futur secrétaire général du parti… Il s'exécute, mais avoue qu'il n'a jamais pu lire le texte en entier. Deux ans plus tard, il aidera pourtant Copé à accéder à la tête de l'UMP. Le maire de Meaux a donné à Sarko la promesse qu'il attendait : celle de pas se présenter en 2017 s'il décidait de revenir. Jean-François Copé élu, Karoutchi devient l'un des vice-présidents du parti.

Ce 25 mai 2014, donc, les haines et rancœurs entre Karoutchi et Jean-François Copé sont cuites, recuites, et les cendres toujours chaudes. Mais le président du parti n'est toujours pas inquiet. Il le répète à qui veut l'entendre. Ce soir-là, sur les plateaux télé, l'affaire Bygmalion est d'ailleurs à peine abordée. Les cadres de l'UMP, mines offusquées, refusent même parfois de répondre aux questions concernant le dossier. Nombre d'entre eux sous-entendent que cette boule puante, à l'odeur nauséabonde mais sans consistance, a été lancée à quelques jours des élections pour faire perdre la droite… et qu'elle a fait gagner le FN. Les journalistes deviennent ainsi les coresponsables de ce séisme électoral. Pourtant, l'affaire en est bien une. Le lendemain, le dossier Bygmalion va d'ailleurs voler la vedette à Marine Le Pen dans tous les médias.

Lundi 26 mai

Tous les élus de droite avaient prévenu les journalistes : après les élections, ça chaufferait pour Jean-François Copé. Quelques heures à peine après le scrutin, la guerre est déjà déclarée. Cette longue, très longue journée du lundi 26 mai pour la droite, commence réellement vers 17 heures. Dans son cabinet du boulevard Saint-Germain, Me Patrick Maisonneuve organise une conférence de presse en urgence. L'avocat de la société Bygmalion avoue que ses clients ont fait de vraies-fausses factures pour masquer les coûts de la campagne de Nicolas Sarkozy de 2012. D'après lui, une somme d'environ 11 millions d'euros aurait ainsi été réglée par l'UMP pour des dépenses liées à l'élection présidentielle. L'affaire devient donc celle des comptes de campagne de Nicolas Sarkozy, conclut l'avocat. Trois heures plus tard, Jérôme Lavrilleux avoue en larmes sur BFM-TV avoir été alerté de la mise en place d'un système de double facturation par Bygmalion pour masquer les frais de campagne de Nicolas Sarkozy. Et qu'il n'a pas su tirer à temps la sonnette d'alarme. Ces aveux ont-ils été orchestrés et synchronisés, comme le laissent entendre les sarkozystes qui voient là un système de défense bien rodé ? D'abord l'avocat qui lâche ses clients, puis Lavrilleux en pleurs alors que ce dernier n'est pas du genre à se laisser émouvoir…

Les acteurs démentent. Lavrilleux assure avoir contacté Ruth Elkrief dès le dimanche soir. Ce que cette dernière a confirmé à l'antenne. « J'avais décidé de prendre mes responsabilités et ne pas laisser Jean-François Copé aller à l'abattoir tout seul, explique Jérôme Lavrilleux. Je savais qu'il allait se faire couper la tête au bureau politique. J'avais écrit un texte de quatre pages, que je n'ai finalement pas lu. Mais j'avais prévu de dire la vérité, pour que tout le monde sache que Jean-François Copé ne s'était jamais fait de trésor de guerre, et qu'il n'était au courant de rien[1]. » Patrick Maisonneuve, lui, réfute également toute concertation avec Jérôme Lavrilleux et assure qu'il n'a décidé de faire sa conférence de presse que le jour même. « Depuis le matin, je sentais qu'on allait se faire empapaouter, confie l'avocat de Bygmalion. Le principe de la conférence de presse a été acté à 15 h 30... Si nous avons pris la décision de ne pas attendre le bureau politique du mardi matin, c'est parce que nous avions des informations selon lesquelles l'UMP allait mettre toute la responsabilité des magouilles sur le dos de Bygmalion. Une rumeur courait même sur le fait que Jérôme Lavrilleux allait dire qu'il n'était au courant de rien[2]... » Une décision catastrophe que confirme Guy Alves, qui s'est entretenu avec son avocat ce jour-là en début d'après-midi. Les jours précédant la conférence de presse, nous l'avions eu au téléphone à de nombreuses reprises. Guy Alves nous indiquait alors qu'il souhaitait que l'UMP s'exprime en premier, et explique

1. Entretien avec l'auteur, 28 juillet 2014.
2. Entretien avec l'auteur, 15 juillet 2014.

la vérité. « Quand j'ai appris que l'UMP allait porter plainte contre X, j'ai compris que personne n'allait expliquer à quoi avaient servi les millions et que nous allions continuer à passer pour des voyous, détaille Guy Alves. Me Maisonneuve a parlé à ma demande, il fallait remettre l'église au milieu du village[1]. » Après avoir entendu à la radio l'annonce de la conférence de presse, Jérôme Lavrilleux essaie de joindre Guy Alves pour savoir ce que ce dernier compte dire. Alves ne répond pas. Il ne veut pas que Lavrilleux tente de le persuader de débrancher son avocat, sa décision est prise. Que cherche à savoir Lavrilleux ? A-t-il finalement tout avoué suite aux déclarations de l'avocat de Bygmalion ? Patrick Maisonneuve lui a-t-il grillé la politesse ? Jérôme Lavrilleux jure que non.

Jean-François Copé, lui, reste stoïque. Zorro n'est pas inquiet. « Au contraire, assure un de ses proches. Pour lui, ces aveux prouvaient bien qu'il n'était au courant de rien comme Lavrilleux l'avoue à la télé. Jean-François Copé est donc sûr de lui. » Roger Karoutchi confirme. « J'ai eu Jean-François Copé au téléphone vers 21 h 30, raconte le sénateur, qui ne s'est toujours pas remis de la réaction de son interlocuteur ce soir-là. Après ça, Jean-François tu ne tiendras pas, le prévient-il. Ce n'est pas la peine de s'accrocher. On est devancé par le FN, l'avocat de Bygmalion dit qu'il y a eu des fausses factures, Jérôme Lavrilleux aussi… qu'est-ce qu'il te faut de plus ? » Réponse : « Ne t'inquiète pas,

1. Entretien avec l'auteur, 30 juillet 2014.

j'ai eu tout le monde au téléphone, on va mettre en place une structure avec les anciens premiers ministres. Je vais rester à ma place pour le moment. » Incrédule, Karoutchi conclut : « Aucun type normal ne peut te laisser à la présidence de l'UMP. »

Mardi 27 mai

« Je sais que c'est incroyable, je sais que beaucoup de gens n'arriveront pas y croire, mais je ne savais rien. » Ainsi parlait Jean-François Copé, au matin de sa chute. Il y croit, il le répète, et sa confiance en lui est telle qu'elle écrase les évidences. Il ne voit pas que son départ est inéluctable. Le mardi matin, à l'aube, Jean-François Copé descend vers la salle numéro 62-17, au sous-sol de l'Assemblée nationale. Une salle sinistre, sans fenêtre, froide et austère, où doit se tenir quelques minutes plus tard le bureau politique de l'UMP qui restera comme le plus violent de toute l'histoire du parti. Ce matin-là, la pièce est encore plus glauque et glaciale que d'habitude. Il est à peine plus de 8 heures du matin, et Jean-François Copé, en bon président, assure l'accueil de ses ouailles. Il salue les quarante membres du bureau politique, invités à venir sans leurs collaborateurs. Le bureau se tient, fait assez exceptionnel, à huis clos. Karoutchi le regarde dans les yeux. « Tu es sûr de ce que tu m'as dit hier soir ?
– Oui, il y aura un accord. »

Le bureau commence. Jean-François Copé s'assied tout seul d'un côté de la longue table. Les quarante autres personnes lui font face. La symbolique est terrible. Certains sont encore aujourd'hui estomaqués d'avoir été placés, d'emblée, dans le camp des bourreaux. Même les fidèles copéistes, comme Michèle Tabarot, n'ont pas été invités à s'assoir à côté de leur mentor. L'image reste imprimée dans la tête de chacun. « Il a tenu à s'asseoir seul pour bien montrer qu'il ne cherchait pas à fuir ses responsabilités, explique Michèle Tabarot. Il a fait preuve d'un grand courage[1]. » La députée des Alpes-Maritimes est bien la seule à le penser. Et à le faire savoir. La charge est sonnée presque aussitôt. Jean-François Copé a tout juste le temps de présenter une petite analyse du résultat des européennes, de déplorer l'absence d'alliance avec l'UDI... Personne ne l'écoute vraiment. Le seul sujet qui intéresse les élus ce matin-là, c'est son départ. Enfin, Jean-François Copé, aborde l'affaire Bygmalion. « Les affirmations de Maisonneuve et de Lavrilleux prouvent qu'il y a eu un problème, déclare-t-il en substance, dont je n'étais pas au courant. Mes proches m'ont trahi. C'est un grave manquement de certains de mes collaborateurs par rapport à leur patron... » Un discours *a minima*, sans mea-culpa, maladroit, qui ne fera taire personne.

La première balle – et elle est déjà meurtrière – est tirée par Nathalie Kosciusko-Morizet. L'élue

1. Entretien avec l'auteur, 31 juillet 2014.

parisienne se lève, pointe le doigt, et regarde Jean-François Copé dans les yeux : « Tu mens, tu es un menteur, tu sais des choses et tu les as couvertes. » « Quand on dit que les femmes font de la politique autrement c'est vrai, elles sont plus franches, plus violentes aussi », remarque un membre du bureau politique, qui fait mine d'avoir été choqué par les propos de Nathalie Kosciusko-Morizet, quand lui-même est connu pour ses bons mots assassins dans les couloirs du parti... Nathalie Kosciusko-Morizet et Jean-François Copé n'ont jamais été de bons camarades. Mais depuis que la députée a été battue aux municipales à Paris en mars 2014, elle déteste carrément son président. Elle considère que Jean-François Copé ne l'a pas aidée pendant sa campagne. Il lui a même mis des bâtons dans les roues en laissant l'homme d'affaires Charles Beigbeder, un de ses proches, présenter des listes dissidentes à droite. « Je lui ai dit également que, à titre personnel, je ne le croyais pas, précise Nathalie Kosciusko-Morizet. Et quel que soit mon avis personnel, les personnes impliquées dans cette affaire n'étaient pas seulement ses collaborateurs mais ses amis. J'ai donc conclu que sa responsabilité politique et personnelle était engagée, et devait entraîner son départ. J'ai enfin demandé un congrès pour que les militants décident de la suite à donner à cette affaire[1]. » Pourquoi attaque-t-elle bille en tête, sans attendre d'autres prises de parole ? « J'ai ressenti

1. Entretien avec l'auteur, 16 juillet 2014.

un profond malaise dès le début de ce bureau politique, poursuit l'ancienne porte-parole de la campagne de Nicolas Sarkozy. J'ai eu l'impression que beaucoup de choses avaient été organisées en amont… et que les téléphones avaient chauffé la veille pour tout prévoir. Il devait y avoir les attaques des fillonistes. Puis la défense des copéistes. Pour que, finalement, les non-alignés concluent à un *statu quo* jusqu'à un prochain congrès… Je les ai dérangés. » « Tout semblait bien préparé, huilé », confirme Michèle Tabarot qui en conclut, contrairement à Nathalie Kosciusko-Morizet, que la mise à mort était bel et bien le but recherché. Mais que Nathalie Kosciusko-Morizet ait joué ou non le chien dans le jeu de quilles de l'UMP, le bureau ne se déroulera pas ainsi.

Trois anciens premiers ministres prennent la parole. Jean-Pierre Raffarin est tempéré. « Je ne t'accuse pas, lance-t-il à Jean-François Copé. Tant que l'enquête n'a rien révélé, tu n'es pas concerné. » Le ton est posé. François Fillon enchaîne. L'élu de la Sarthe évoque les européennes, l'état du pays, et enchaîne sur les affaires. Il dénonce la gestion opaque du parti. « Je demande depuis des semaines des comptes et la vérité, on ne l'a pas. » Alain Juppé est sur la même ligne. Sa première intervention est mi-figue mi-raisin. « Il faut une gestion transparente de l'UMP, souhaite le maire de Bordeaux. La gestion est opaque, la cohabitation ne permet pas à Fillon de tout savoir, ta gestion est trop clanique », reproche-t-il à Jean-François Copé. Il évoque ensuite la mise en place d'un comité d'éthique.

Dominique Dord, se lève. À l'automne 2012, suite à la guerre du leadership au sein de l'UMP, le député-maire d'Aix-les-Bains avait quitté son poste de trésorier avec fracas. Il ne porte pas le maire de Meaux dans son cœur, mais il déteste encore plus son entourage, au premier rang duquel siège Jérôme Lavrilleux. « Je pense que tu ne mens pas, dit-il à Jean-François Copé. Tu ne savais pas, tes collaborateurs ne t'ont pas dit la vérité. Mais je vais te dire une chose : barre-toi pour te défendre. » « Barre-toi. » L'expression fuitera, et tournera en boucle sur les chaînes d'info continue toute la journée. « C'était pourtant un barre-toi presque amical, raconte un des participants. Un barre-toi pour prendre de l'air. Pas agressif. » Mais la saillie marque les esprits. Elle est pour certains le coup de grâce. « Il y avait dans sa tirade un côté dramatique, très personnel, épidermique, ça a beaucoup touché », confirme Nathalie Kosciusko-Morizet.

Puis Raffarin reprend la parole. Et opte pour l'organisation d'une nouvelle élection, sans préciser la date. Jean-François Copé en accepte le principe. Et ajoute : « Je prends un engagement : je ne me représenterai pas. » En politique, il ne faut jamais montrer que l'on cède. En acceptant une nouvelle élection en octobre ou en novembre, Jean-François Copé perd la partie. L'image de son départ vient de prendre forme. « À partir de là, il est dans la nasse, analyse un de ses proches. Tout le monde a compris qu'il était prêt à partir, tous vont donc tenter d'accélérer le processus. » « Je ne comprends pas, pourquoi rester jusqu'en automne dans ce cas-là ? lui demande le député des Yvelines, David Douillet, ex-star des tatamis. Pars maintenant ! » « C'est bien la seule fois qu'on l'a entendu à un bureau politique, il ne fait pas vraiment partie des assidus », grince un copéiste. Juppé acquiesce. « J'ai alors essayé de convaincre Raffarin de mettre en place un intérim, et d'attendre la rentrée, raconte Brice Hortefeux, mais c'était trop tard. Le départ de Jean-François Copé était décidé. » C'est Fillon qui prononce les mots de la fin. Les trois anciens premiers ministres prendront la tête du parti, immédiatement. « J'ai compris, pas la peine d'envoyer une salve supplémentaire, je démissionnerai le 15 juin », lance Jean-François Copé. Une phrase magique, le sésame qui sera l'estocade de ce processus de mise à mort. « S'il avait dit dès le départ : "Je partirai en novembre laissez-moi l'intérim", ça aurait pu marcher, analyse un des participants avec le recul. En s'obstinant, il a perdu les derniers soutiens qu'il avait. » Tout le monde se lève. Le bureau est terminé. On ne se dit même pas au revoir.

Pour le défendre, Jean-François Copé n'aura reçu que les soutiens de Michèle Tabarot et Nadine Morano. Et ceux de Jean-Claude Gaudin et Renaud Muselier, outrés devant la violence des attaques. « J'ai rappelé ce que Jean-François avait accompli à la tête du parti, détaille Michèle Tabarot, secrétaire générale de l'UMP. La victoire des municipales était aussi le fruit de son travail. Je pense que ce n'était pas au bureau de décider de son départ, mais aux militants. Il n'a pas voulu insister, il est parti dans un souci d'apaisement. » Quelques jours plus tard, elle aussi quittera son poste à la tête de l'UMP pour ne pas attiser la « guerre de la droite, dit-elle. Mais cela n'aura servi à rien devant la volonté de quelques-uns de faire exploser le parti. »

« C'était affreux, abominable, à côté, la période Balladur-Chirac c'était un roman à l'eau de rose », raconte un sarkozyste. Édouard Balladur a justement refait surface deux semaines plus tard au bureau politique du 10 juin. Alors que l'UMP devait acter la démission de Jean-François Copé et élire le nouveau triumvirat, Balladur s'est proposé de venir en tant que « caution morale » pour son parti. « Sa présence est gage de sagesse et conférera un aspect plus solennel à cette réunion », avait osé un de ses proches la veille à l'Agence France-Presse. Une présence interprétée comme une mauvaise blague par les copéistes... Balladur, l'homme au cœur du dossier Karachi, soupçonné par les juges d'avoir financé une partie de sa campagne de 1995 *via* de l'argent issu de contrats d'armement avec le Pakistan, un gage de sagesse ? « Jean-François Copé n'en revenait pas, raconte un de ses proches. Balladur en caution morale ? On lui aura tout fait... » L'ancien locataire de Matignon fait aujourd'hui l'objet d'une enquête confiée à la Cour de justice de la République (CJR) chargée de juger les anciens ministres pour les faits commis pendant leur passage aux affaires.

Pour certains, les causes de cette violente mise à mort sont à chercher dans le mode de fonctionnement du maire de Meaux… « C'est un animal de campagne plutôt bon, reconnaît un de ses ennemis. Mais il a un comportement et un mode de fonctionnement tribaux. Depuis qu'il fait de la politique, il a les mêmes collaborateurs. Ces derniers l'ont entouré à Meaux, puis l'ont suivi au ministère, au groupe, à l'UMP… Ce petit cercle, en lequel il a pleine confiance depuis des années, est finalement la seule structure avec laquelle il travaillait. Il manquait totalement de confiance envers les autres élus, et donc de leurs soutiens. » Parmi les vice-présidents de l'UMP et les députés, beaucoup se souviennent, par exemple, d'avoir été choqués par l'importance que prenait la voix de Jérôme Lavrilleux au cours des débats politiques. Un réseau d'affidés politiques, ça se travaille, ça s'entretient. Le jour du bureau politique, il lui a fait cruellement défaut.

Jean-François Copé sort de la salle livide. Jusqu'à l'été, il assistera à tous les bureaux politiques du mardi, perdant des kilos chaque semaine. « Chaque fois, il était un peu plus blanc, un peu plus maigre, un peu plus marqué, raconte un sarkozyste. Je lui ai dit de ne plus venir, mais il n'en était pas question pour lui. Pas question d'abandonner et se montrer perdant. » Un seul événement lui a fait perdre ce petit sourire, que certains interprètent comme narquois, affiché à chaque réunion. Les attaques contre sa femme. Au milieu d'un bombardement de boules puantes sans précédent – là, la note exorbitante de téléphone de Rachida Dati ; ici, les trajets en hélicoptère de François Fillon, ou encore le salaire de Geoffroy Didier –,

Nadia Copé est prise pour cible. D'après le *JDD*[1], le parti aurait payé à l'épouse du président pour 24 000 euros de billets d'avion en 2013. Le mardi 8 juillet, à la fin du bureau politique, Jean-François Copé fonce sur Fillon. Les deux visages sont très proches. « Les noms d'oiseaux ont fusé, raconte un observateur, qui a bien veillé à se tenir à proximité lors de l'échange en cas de dérapage incontrôlé… J'ai vraiment cru que Jean-François Copé allait lui foutre son poing dans la gueule. Il lui a lancé : "Et maintenant tu t'attaques à ma femme ? T'as pas honte ? Je ne vais pas te laisser faire ça." Réponse de Fillon : "Ce n'est pas moi, c'est Cesari !" » Ce jour-là, la meilleure défense de l'ancien Premier ministre est l'esquive[2]…

La même technique a été adoptée en ce mois de juin 2014 par Nicolas Sarkozy. Dans son bureau de la rue de Miromesnil, les visiteurs affluent. Il ne dit plus un mot au téléphone depuis qu'il se sait écouté dans le cadre de l'information judiciaire ouverte sur le présumé financement libyen de sa campagne de 2007. Il sait aussi que les téléphones à puce ne sont guère plus sécurisés : les juges ont réussi à mettre sur écoute celui que lui avait procuré son avocat pour converser loin des grandes oreilles de la justice, ce qui lui a valu une mise en examen pour corruption… À tous ses visiteurs, il livre peu ou prou le même laïus, aux accents

1. Laurent Valdiguié et Bruno Jeudy, « UMP : des comptes dans le rouge », *JDD*, 6 juillet 2014.

2. Contacté, François Fillon a refusé de nous rencontrer.

incrédules et outrés : « Non, mais tu te rends compte : d'abord on dit que je suis allé voir la dame de L'Oréal pour lui piquer de l'argent, non mais tu m'imagines, moi, aller prendre des enveloppes de billets à une vieille dame ? Ensuite on me parle de Kadhafi. C'est moi qui l'ai viré et il m'aurait donné de l'argent ? Déjà que j'ai été obligé de m'humilier en acceptant sa visite à Paris, pour libérer ces pauvres infirmières bulgares. Et maintenant Bygmalion, avec ce s... de Bastien Millot. » Les deux hommes, on l'a déjà vu, ne s'aiment pas beaucoup.

6

L'énigme Lavrilleux

« Voilà un homme qui a le talent de ne pas embêter les personnes pour qui il travaille avec des problèmes [qu']elles n'ont pas à connaître[1]. »

Nicolas Sarkozy, lors de la remise de l'ordre national du Mérite à Jérôme Lavrilleux en octobre 2012

Jérôme Lavrilleux est redevenu serein. Sa voix ne tremble plus. Il est détendu. En cette fin du mois de juillet, il reçoit dans ses nouveaux bureaux, situés à l'étage d'une petite maison ouvrière de la ville de Saint-Quentin dans l'Aisne où il est né, où il a grandi, et où il a fait ses premiers pas en politique en commençant par la base, le militantisme. La grande pièce claire ne contient pour l'instant qu'un bureau, deux ou trois

1. Carole Barjon, Bruno Jeudy, *Le Coup monté*, Plon, 2013.

canapés et une table basse. Son nom n'a pas encore été affiché sur la sonnette de la rue, peut-être pour limiter les risques d'insultes et les menaces alors que l'affaire est encore chaude. Il y a de l'eau fraîche mais pas de verre. Et rien aux murs… pour le moment. Dans un coin, on repère la photo officielle de l'ancien président de la République Jacques Chirac, qui attend d'être fixée. Et celle de Nicolas Sarkozy ? « Elle était dans mon bureau de l'UMP, mais je n'ai rien pu prendre quand on m'a viré, explique Jérôme Lavrilleux. Je n'ai pas pu récupérer un seul document, même mes affaires personnelles, je ne sais pas ce qu'elles sont devenues[1]. »

Mais il en faudrait plus pour lui faire perdre son assurance retrouvée. Le jeune député européen de quarante-cinq ans revient d'une session à Strasbourg qui s'est « très bien passée ». « Si je lis les journaux, j'ai l'impression que ma vie est un enfer, que je suis envoyé tous les jours à la mine de sel. En réalité, ça va. » Il se vante d'avoir réussi à intégrer la commission parlementaire « Emploi et affaires sociales ». « Il me semble que ce n'est pas la moins importante, si ? » Et il est très fier d'annoncer qu'il est également titulaire de la délégation pour les relations avec le Canada, un poste qui lui tenait à cœur en raison de la présence dans son arbre généalogique d'une aïeule originaire de ce pays des Amériques. Avant même qu'on ne lui pose la question, Jérôme Lavrilleux assure qu'il ne

1. Entretien avec l'auteur, 28 juillet 2014.

compte absolument pas démissionner de son mandat de député européen, sauf s'il est un jour condamné à une peine d'inéligibilité. Mais encore faudrait-il pour cela qu'il soit coupable de quelque chose… Et ça, Jérôme Lavrilleux, bravache au cœur de l'été, n'en est plus si sûr.

Homme de l'ombre, homme de cabinet, considéré au choix comme l'âme damnée ou le double de Jean-François Copé selon qu'on l'aime ou le déteste, Jérôme Lavrilleux a fait sa deuxième apparition sur la grande scène médiatique, celle du grand public, le 26 mai 2014 sur BFM-TV à une heure de très grande écoute. Au lendemain de son élection, le directeur de cabinet du président de l'UMP alors en exercice était venu expliquer sa version sur l'affaire Bygmalion. Sa première intervention en direct date de la guerre interne entre Jean-François Copé et François Fillon en 2012. Il était venu à la télévision défendre son patron.

Pendant les vingt-trois minutes de l'interview dirigée par Ruth Elkrief, Jérôme Lavrilleux a tantôt la voix qui chevrote, retrouve un peu d'assurance, puis tremble à nouveau. Le ton est celui de la contrition. Jamais il ne prononce le terme de fausses factures, mais il reconnaît leur existence. Et il explique même pourquoi la société Bygmalion en est venue à éditer ces faux documents : pour camoufler les dépenses faramineuses de Nicolas Sarkozy pour sa campagne de 2012, qui aurait coûté près du double des chiffres déclarés. « Il y a eu un dérapage, non pas sur la valeur, mais sur le nombre d'événements organisés dans le cadre de cette campagne, explique notamment son ancien directeur adjoint en direct. Je prends ma part de responsabilité dans tout cela. » Un peu plus tard, invité à détailler le mécanisme frauduleux, Lavrilleux précise, quasi en larmes : « Il y a eu un engrenage irrésistible d'un train qui file à grande vitesse. Les personnes qui auraient dû tirer sur la sonnette d'alarme ne l'ont pas fait. Je fais partie de ces personnes. »

Des aveux avant même que la justice ne commence à enquêter sérieusement ? Dans le monde tordu et retors des affaires politico-financières de la Vᵉ République, c'est une grande première. Jérôme Cahuzac, lors de son « entretien-vérité » avec Jean-François Achilli en avril 2013, déjà sur BFM-TV, avait inauguré la confession publique. Mais il avait répété, le texte était appris par cœur et le manque de spontanéité rendait la séquence gênante, presque fade. Il avait également répondu au préalable aux questions d'un juge d'instruction. Ce jour-là, BFM-TV fait office d'annexe du pôle financier de l'avenue des Italiens, où sont installés les magistrats qui luttent contre la grande délinquance financière. Ironie de l'histoire : à l'heure où Jérôme Lavrilleux est sur le plateau télé, les enquêteurs en charge du dossier mènent leur première perquisition dans les locaux de la société Bygmalion, ainsi qu'à l'UMP. Ils auditionnent même dans la nuit avec leur accord les responsables d'Event & Cie, la filiale soupçonnée d'avoir émis les fausses factures… « Quand je leur ai expliqué que c'était l'équipe de campagne qui nous avait demandé de faire une double comptabilité, comme Lavrilleux l'avait d'ailleurs confirmé, l'enquêteur qui m'interrogeait a sursauté, se souvient Franck Attal, le responsable des meetings. Il m'a dit : "Mais Lavrilleux n'a encore rien dit[1] ?" » Quand on perquisitionne, à la police judiciaire, on n'est pas branché sur BFM-TV… pas encore.

Jérôme Lavrilleux a-t-il vraiment livré des aveux ce soir-là ? Aujourd'hui, il nie le terme. « Je n'ai rien avoué du tout, précise-t-il. Pour moi, il n'y pas eu de malversations, pas d'argent volé. Il s'agit d'une erreur funeste, commise dans la précipitation. Si nous n'avions pas été dans le brouillard, on aurait fait payer la moitié des meetings à l'UMP, comme on l'a fait pour celui de Villepinte. Les comptes auraient probablement été retoqués, mais au moins il n'y aurait pas eu de double facturation. J'ai décrit un engrenage auquel j'ai participé. Est-ce que je suis coupable ? Ce sera aux magistrats de le dire. » Il feint de croire que les 18 millions d'euros de dépassement seraient passés presque inaperçus. Que cette somme, si elle n'avait pas été dissimulée *via* le système des fausses factures, n'aurait choqué personne… Par la suite, aux journalistes qui l'interrogeront, Jérôme Lavrilleux désignera volontiers d'autres responsables : Guillaume Lambert, le directeur de la campagne de Nicolas Sarkozy. Éric Cesari, le directeur général de l'UMP. En cet après-midi du mois de juillet, Lavrilleux pointe même le doigt encore plus haut, vers les grands manitous politiques de la

1. Entretien avec l'auteur, 17 juillet 2014.

campagne. Il cite les noms de tous ceux qui se réunissaient à 19 heures à l'Élysée, pendant le quinquennat puis pendant la campagne : Pierre Giacometti, Patrick Buisson, Jean-Michel Goudard, ainsi que le communicant Franck Louvrier, et le secrétaire général de l'Élysée de l'époque, Xavier Musca. « C'est la théorie du sablier, je l'ai expliquée aux enquêteurs, poursuit Lavrilleux, qui a finalement été placé en garde à vue en bonne et due forme le 17 juin. Ils étaient en haut, ils décidaient du nombre de meetings à faire. Lambert, qui assistait à ces réunions pendant la campagne, faisait redescendre l'information vers nous, au QG de campagne. » De nouvelles accusations ? « C'est impossible de n'être au courant de rien », tranche Lavrilleux.

Il y a un homme que Jérôme Lavrilleux n'accuse jamais : c'est Jean-François Copé. « Il ne savait rien, répète-t-il. Il ne pouvait l'apprendre que par moi. » Jean-François Copé ne fait rien sans Lavrilleux, ce collaborateur dévoué que l'on peut appeler cinquante fois par jour, par nuit, qui flingue tous vos ennemis sans même que vous le lui demandiez, et dont la fidélité est sans faille. Et Nicolas Sarkozy ? « Je ne peux pas être formel et dire qu'il ignorait tout. Je peux simplement dire que, pour ma part, je ne l'ai jamais averti. » Dernier homme que Jérôme Lavrilleux protège : Bastien Millot, l'un de ses amis les plus proches depuis dix ans, depuis que le second a fait venir le premier au cabinet de Jean-François Copé à Meaux. « Je ne lui ai jamais rien dit pour ne pas le rendre complice. Depuis qu'il sait il est atterré, comme tout le monde.

Son patrimoine est liquidé. C'est l'histoire d'un formidable gâchis. »

Il assure qu'il dira la même chose à Renaud Van Ruymbeke, Serge Tournaire et Roger Le Loire, les trois juges en charge de l'affaire Bygmalion. Il les attend d'ailleurs de pied ferme. Quand l'UMP lui a coupé sa ligne de portable du jour au lendemain, Lavrilleux s'est même empressé d'appeler les enquêteurs pour les avertir. « Je ne voulais pas qu'ils perdent leur temps à surveiller le pauvre type qui a hérité de mon numéro. Et je ne voulais surtout pas louper le jour de ma prochaine convocation. » Il sourit, satisfait de ces dernières espiègleries, et surtout de pouvoir les raconter. Il a repris la main, il a le sentiment de tout contrôler, de tout choisir, de nouveau. Il veut bien être un fusible, le court-circuit idéal pour empêcher que toute responsabilité ne remonte au-dessus de lui, mais un fusible actif… et menaçant.

Jérôme Lavrilleux dit-il la vérité ? À quel moment est-il sincère : lors de ses aveux télévisés ou lors de ses entretiens en off avec les journalistes ? Quand il pleure ou quand il crâne ? Quand il accuse ou quand il assume ? Jérôme Lavrilleux, surnommé à l'UMP « Dark Vador » ou « l'Étrangleur » est insondable. Secret. Changeant. En quelques secondes, d'un mouvement de sourcil, d'un raclement de gorge, le quadragénaire aux allures de gendre idéal séducteur et drôle peut devenir cassant et méprisant. À l'UMP, ils sont rares à pouvoir se vanter de le connaître. Il a peu d'amis, encore moins de proches, mais beaucoup d'ennemis.

Et pour un grand nombre d'élus et de cadres du parti, Lavrilleux ment : ses aveux, larmoyants, ont été orchestrés pour faire porter le chapeau aux organisateurs de la campagne de Sarko et cacher les magouilles de Jean-François Copé et ses amis de Bygmalion. « Lavrilleux, ce n'est pas un faible, ce n'est pas quelqu'un qui pleure, débute un cadre du parti, qui a personnellement été menacé par l'ancien dir cab de Jean-François Copé. Il est extrêmement dur contrairement à ce que laisse penser sa tête de premier communiant. » De nombreux cadres rabroués par Lavrilleux, qui n'ont jamais pu franchir la muraille qu'il avait dressée autour de Jean-François Copé, se moquent de ses « pseudo-sanglots ». « Il est capable d'avoir joué la comédie pour protéger Jean-François Copé, pour lui, il est capable de tout », assure l'un d'eux. Pleurer pour lui, même en direct à 20 heures, ce n'est rien.

La plupart le disent en off, car ils ont peur de Jérôme Lavrilleux, qui connaît tous les secrets de la campagne de 2012 et bien plus encore. Il a déjà beaucoup balancé, mais il en garde peut-être encore dans sa besace. En septembre 2014, Jérôme Lavrilleux menace d'ailleurs de parler à nouveau s'il est exclu de l'UMP. Depuis des années, ils savent que c'est lui le stratège politique, qui lance les boules puantes, et qu'il sait bien viser. Tout le monde a pu le constater à l'automne 2012, pendant la bataille interne Copé-Fillon. Pendant ces longues semaines de guerre interne, Lavrilleux fait pression sur les employés de l'UMP qui seraient tentés de dénoncer les irrégularités. Il dénonce en direct à la télévision – déjà… – celles du clan Fillon. Pousse Jean-François Copé à se déclarer gagnant alors que les urnes ne sont pas toutes dépouillées. Il accumule les dossiers sur les gêneurs potentiels. Si le couple Copé-Lavrilleux compte un admirateur de Frank Underwood, le fascinant héros cynique et manipulateur de la série américaine *House of Cards*, c'est bien lui. « Maintenant qu'il a tout avoué, il est dégoupillé, admet un sarkozyste… en off. Il suffit que quelqu'un ne lui revienne pas pour qu'il pointe sa kalachnikov vers lui et le pulvérise, il n'a plus rien à perdre et peut continuer à faire du name-dropping sur toutes les chaines d'info. » Pour reprendre une métaphore chère à Jacques Chirac, tout le monde se méfie de celui qui détient désormais les manettes du fameux « ventilateur à merde ». Tout le monde se planque. Personne ne veut être éclaboussé[1].

Le clan Sarkozy bichonne donc en privé le nouveau paria. Le 1er juillet, quand Nicolas Sarkozy fraîchement mis en examen pour des soupçons de corruption envers un magistrat de la Cour de cassation, décide de prendre la parole sur TF1 et Europe 1 après avoir passé une nuit en garde à vue, ses plus proches lieutenants s'assurent que Jérôme Lavrilleux n'est pas « heurté » par ses propos à son égard. Ce jour-là, il se trouve dans son bureau de Strasbourg en compagnie de quelques

1. Interrogé en 2000 sur la cassette Méry, Jacques Chirac avait répondu cette phrase devenue mythique et jamais démentie : « Quand on met de la merde dans un ventilateur, il faut s'attendre à ce que tout le monde soit éclaboussé. »

parlementaires et proches. À la fin de l'intervention de Nicolas Sarkozy, Brice Hortefeux, le fidèle parmi les fidèles, lui aussi élu à Strasbourg, déboule dans son bureau. « Ç'a été le 20 heures, Jérôme ? » Réponse : « Très bien. » Il faut dire que l'ancien président a épargné, contre toute logique, celui qui ne cesse depuis des semaines de remettre en cause la légalité de sa campagne. « Donc M. Lavrilleux, qui s'occupait de votre campagne, ne dit pas la vérité quand il parle de fausses factures ? » lui demande Gilles Bouleau, le présentateur de TF1 qui l'interview avec Jean-Pierre Elkabbach. « M. Lavrilleux aura à répondre devant la justice, et la justice fera son travail. J'ai des convictions concernant l'état de droit. Je suis moi-même avocat. Je ne vais pas faire aux autres ce qu'on me fait. Parce que je considère que, lorsqu'on emploie des méthodes indignes, c'est plus humiliant pour celui qui est l'auteur de ces méthodes que pour celui qui en subit les conséquences. » Les temps ont bien changé : en pleine affaire Clearstream, Sarkozy aurait bien accroché Dominique de Villepin à un « croc de boucher », après l'avoir qualifié de « coupable » dans une interview. Ce dernier était pourtant protégé par la présomption d'innocence, et il n'a d'ailleurs jamais été condamné dans cette affaire.

Dans une autre vie, pas si lointaine, Nicolas Sarkozy et Jérôme Lavrilleux ont été proches. Le premier appréciait le second. Il l'avait d'ailleurs nommé directeur adjoint de sa campagne en janvier 2012. Ce choix était certes dicté par l'obligation pour le président-candidat de s'assurer du soutien de l'UMP et donc de celui de Jean-François Copé, mais pas seulement. « Sarkozy avait aussi toute confiance en Jérôme, assure un de ses proches. Lavrilleux, c'est une intelligence, une intuitivité, une sensibilité très politique. Il a les bonnes réactions au bon moment. Mais ça a surpris beaucoup de monde que le courant passe aussi bien entre les deux hommes, car l'amitié entre Jean-François Copé et Sarko est virile mais pas franche. »

C'est en juin 2011 que les deux hommes se voient pour la première fois en petit comité. « J'avais remplacé Jean-François Copé à un dîner à l'Élysée au pied levé, se souvient Lavrilleux. Il y avait Baroin, Le Maire, Hortefeux et Musca. C'était un dîner informel, qui n'était pas à l'agenda. Je me suis retrouvé autour de la table alors que je n'étais jamais allé plus loin que le bureau de Biancarelli [conseiller politique de Sarkozy]. J'étais un peu dans le rôle de François Pignon, même si je ne faisais pas de pyramide en allumettes à l'époque… je vais m'y mettre à partir de maintenant ! » Il écoute Sarkozy parler de lui, beaucoup. Le but du dîner est de rassurer : le président explique qu'il se représentera en 2012, mais ne laissera personne sur le bas-côté. Il fait tout pour que certains convives quittent la table en étant persuadés que le prochain poste de Premier ministre sera pour lui. Et il dit beaucoup de mal de François Fillon, le locataire de Matignon. « À cette occasion, il a également prévenu qu'il partirait en campagne à la dernière minute, poursuit Lavrilleux. Qu'il ne ferait que quatre grands meetings. »

Le courant entre les deux hommes passe bien. Patrick Buisson apprécie depuis longtemps le lieutenant de Jean-François Copé, qu'il croise à l'UMP et avec lequel il entretient des liens privilégiés. Il en fait part au grand chef. Lavrilleux saute donc dans le grand bain et nage remarquablement bien.

Pendant la campagne, à en croire les principaux organisateurs, les relations avec Sarkozy restent au beau fixe. « Avec moi, il a toujours été correct, plastronne Lavrilleux, il ne m'a jamais passé de savon. Pendant la campagne, certains avaient peur de lui et me demandaient même de lui faire part de ce qu'ils n'osaient pas lui dire. » Son engagement auprès du candidat lui vaudra par la suite de pouvoir accrocher un petit ruban bleu au revers de sa veste. Après l'échec de 2012, Jérôme Lavrilleux devient chevalier de l'ordre national du Mérite. Quand Sarkozy la lui remet dans ses bureaux de la rue de Miromesnil, tout le ban et l'arrière-ban du copéisme a fait le déplacement : Michèle Tabarot, Christian Jacob, Jean-Claude Gaudin, Catherine Vautrin... On est le 15 octobre 2012, en pleine campagne pour la présidence de l'UMP et cette décoration tombe à point nommé pour le candidat Jean-François Copé qui y voit un coup de pouce de l'ancien président. Sarkozy a alors ces mots pour Jérôme Lavrilleux : « Voilà un homme qui a le talent de ne pas embêter les personnes pour qui il travaille avec des problèmes qu'elles n'ont pas à connaître. » À la lueur de l'affaire Bygmalion, cette déclaration est plus qu'embarrassante pour son auteur... elle est gênante. Il devra sans doute un jour s'en expliquer devant les juges. « Il l'a aussi complimenté sur ca capacité à solutionner tous les problèmes », détaille Michèle Tabarot, que cette remise de médaille n'a pas étonnée. « Lavrilleux est quelqu'un qui a un parcours intéressant, de ceux qui séduisent Sarkozy[1]. »

Le jour de cette cérémonie, Bastien Millot est présent. Il est contraint de serrer la main de Nicolas Sarkozy, qu'il déteste, mais a tenu à venir pour son ami. « Quand je repense à cette cérémonie, tout me paraît limpide, explique l'ancien patron de Bygmalion qui nie avoir été alerté du système frauduleux. Je suis convaincu que Jérôme ne m'a jamais rien dit parce qu'il se doutait que je n'hésiterais pas à mettre un coup de pied dans la fourmillère, il a sacrifié notre amitié pour sa carrière. Il était très loyal avec Sarkozy, en se disant que s'il n'était pas élu cette fois-là, ce serait probablement en 2017. Et Sarkozy ne tarissait pas d'éloges sur lui. Il a voulu par cette cérémonie dans ses bureaux rue de Miromesnil lui montrer sa reconnaissance. »

Par la suite, Lavrilleux se rend plus souvent que Jean-François Copé rue de Miromesnil. Il côtoie les sarkozystes. Et s'en vante. Qu'espère-t-il alors : un futur poste de ministre ? Une circonscription de député ? Il jure que non. « J'avais prévu de tout arrêter si j'étais élu à Strasbourg, explique Lavrilleux, qui a fait l'objet immédiatement après ses aveux d'une mesure de suspension du parti, qu'il compte bien contester. J'ai fait

1. Entretien avec l'auteur, 31 juillet 2014.

ça pendant vingt-deux ans, je ne veux faire pleurer personne car j'étais très bien payé [plus de 15 000 euros par mois] mais c'est un boulot de chien, avec quinze jours de vacances par an, j'en avais marre. » Personne n'y croit. Pas même lui, probablement.

Car Jérôme Lavrilleux n'a jamais eu qu'un seul rêve, faire de la politique. Son histoire – celle d'un self-made-man dont les Américains n'hésiteraient pas à faire un biopic, surtout depuis sa chute – est désormais connue. Né à Saint-Quentin dans l'Aisne, d'un père garagiste et d'une mère secrétaire de son père, Jérôme, enfant, rêve de politique. Il ne s'explique pas pourquoi. Il franchit le pas à l'âge de vingt ans, en 1989, en prenant sa carte au RPR. C'est Xavier Bertrand, devenu ensuite un proche avant qu'une brouille aux motifs inconnus ne les sépare, qui lui donne sa carte. La mairie de Saint-Quentin vient de passer aux mains des communistes, et Jérôme Lavrilleux à l'âme d'un croisé. Mais, pour ses parents, la politique n'est pas un métier : il passe donc un BTS international. Le seul bon souvenir qu'il garde de ces années-là est d'avoir épousé la fille de la directrice de l'école. Comment peut-on être sûr que l'on va aimer exercer le métier dont on rêve depuis toujours, que l'idéal n'a pas été trop idéalisé ? Lavrilleux devient l'assistant parlementaire de Jacques Braconnier, le sénateur RPR de l'Aisne, et adore immédiatement son nouveau job. Il aimera ensuite tous ses postes : celui de directeur de cabinet de Pierre André, le nouveau maire de la ville de Saint-Quentin arrachée aux communistes en 1995. Puis celui de collaborateur de Jean-François Copé à Meaux, à l'Assemblée nationale et enfin à l'UMP. Jean-François Copé, il le rencontre un peu par hasard. « J'étais devenu directeur de cabinet en 1995 sans avoir fait ni Sciences-Po ni l'ENA, raconte Lavrilleux, qui explique souvent les attaques dont il fait l'objet par son origine modeste et cette absence de diplôme. Alors j'ai regardé ailleurs, pour voir comment faisaient les autres et pour apprendre. » À cette date, Bastien Millot, lui aussi originaire de Saint-Quentin mais diplômé de Sciences-Po, devient directeur de cabinet du jeune maire de Meaux, Jean-François Copé. « À cette époque, il avait beaucoup de cheveux et de grosses lunettes », dixit Lavrilleux. Millot et Lavrilleux viennent de la même ville mais ne se fréquentent pas. Lavrilleux est militant, Millot n'a pris sa carte qu'à la fin des années 1990 et ne l'a même pas gardée dix ans. Mais leurs nouvelles responsabilités les réunissent : ils partagent leurs expériences, se conseillent, et deviennent très vite amis. Quand Millot suit Jean-François Copé dans son ministère en 2004, Lavrilleux le remplace à Meaux. Il ne quittera plus Jean-François Copé durant dix ans.

L'heure des premiers bilans a sonné pour Lavrilleux. Il en dresse un, qui en dit long sur son besoin de reconnaissance, son attachement au chef, au maître : « J'ai eu trois patrons dans ma vie, Braconnier, André, et Copé. Je ne me suis jamais fait virer par aucun d'entre eux. Braconnier est mort, ce n'est pas moi qui l'ai tué. Et je ne suis pas fâché avec les deux autres. » C'est vrai. Jean-François Copé n'est pas fâché. Pour remercier son fidèle collaborateur d'avoir endossé toute la responsabilité de la magouille ? Ses proches ne le pensent pas. « Je crois que Jean-François a trouvé que Jérôme s'était comporté de façon digne, il n'était pas obligé d'aller sur BFM-TV, il ne l'avait même pas prévenu », se souvient Michèle Tabarot. Un proche collaborateur de Jean-François Copé pense lui que « quelque chose s'est brisé ». Mais qu'il « reste l'humain ». Et Jean-François Copé est quelqu'un de fidèle en amitié. « Je ne comprends pas ce qu'il a fait, il ne faut quand même pas trop m'en demander, rectifie Jean-François Copé en privé. Mais on se voit toujours et on se parle toujours, car je trouve qu'il a eu une attitude digne. Il a su prendre ses responsabilités. » Alors, cet été-là, cet été qui suit la chute, les deux hommes s'appellent. Ils doivent même se voir, nous assure Lavrilleux. « Je ne suis plus son directeur de cabinet mais nous avons des relations très agréables, nous nous parlons régulièrement. » Ce couple décrit comme fusionnel ne s'est donc pas séparé. « Je n'ai jamais vu ce degré de fusion en politique, témoigne un cadre du parti. Jérôme a su être tout pour Jean-François Copé. Il le rassurait. C'est un type qui a l'air indestructible. Quelle que soit la question, il a la réponse et promet de s'occuper du problème. » Il a cet aplomb naturel qui pourrait rassurer un homme à deux pas du gouffre et faire perdre tous ses moyens au plus confiant.

Par exemple, Roger Karoutchi se souvient encore avec stupéfaction de cette délégation de jeunes militants UMP venus d'Avignon en pleine campagne municipale de 2014 pour visiter le Sénat. Ils arrivent déprimés. La ville est sur le point de basculer à gauche, les sondages ne font guère de doute. Lavrilleux débarque. Il est sûr de lui : Avignon restera à droite, il a des informations très précises et fiables à ce sujet. Le score va même être meilleur que prévu. Les jeunes sont surpris mais repartent convaincus que le combat est encore gagnable. « Évidemment, la ville a basculé à gauche, sourit Roger Karoutchi, mais les militants y ont au moins cru jusqu'au bout. Il a une capacité à convaincre époustouflante[1]. »

Ceux qui ont côtoyé le couple Copé-Lavrilleux, au cœur du pouvoir pendant des années, admettent donc leur version de l'histoire : Jean-François Copé ne savait rien, et a pardonné à Lavrilleux de ne lui avoir rien dit. « Dans de nombreuses situations, c'était Lavrilleux qui tranchait, pas Copé, raconte un filloniste. Parfois, quand on avait miraculeusement accès à Copé directement, et qu'on lui posait une question, il répondait : "Qu'en pense Jérôme ?" Il avait pris tellement d'assurance après avoir côtoyé Sarko qu'il a très bien pu décider de ne rien dire. Il y avait un président du parti : Jean-François Copé. Et un décideur : Lavrilleux. » Une répartition des tâches que le directeur de cabinet nie, même si le schéma le flatte. « Si on

1. Entretien avec l'auteur, 10 juillet 2014.

n'est pas fusionnel avec son patron, on est un mauvais directeur de cabinet. Mais, avec Jean-François Copé, on se vouvoie, encore aujourd'hui. Je ne suis pas un béni-oui-oui, mais c'est lui qui tranche. » En tout cas, quand il est courant du problème.

7

Les hommes du président

« C'est pire que le bal des faux culs, c'est l'assemblée des débiles profonds. »

Un cadre de l'UMP

À les entendre, à les écouter, à les croire, les hommes du président Nicolas Sarkozy choisis pour travailler sur sa campagne en 2012 ne savaient rien. Rien des magouilles de Jérôme Lavrilleux. Rien des prix exorbitants demandés par Bygmalion. Rien sur la double facturation frauduleuse. À l'unisson, tous jurent que « leur » campagne, celle qu'ils pensent avoir vécue, a été propre et irréprochable. Qui sont-ils ? Il y a d'abord ceux qui ont été embauchés uniquement pour la campagne comme le député-maire de Saint-Cyr-sur-Loire, Philippe Briand, soixante-trois ans, richissime chef d'entreprise. Ce dernier occupe le rôle de trésorier de la campagne : il signe les chèques qui servent à régler toutes les dépenses du candidat. Il n'a pas de fonction à l'UMP.

Au sein du parti de droite, certains cadres ont eu la double casquette. Un pied au parti, un pied dans le sarko-tour. C'est le cas de Jérôme Lavrilleux, le directeur adjoint. C'est aussi le cas du « Corse » comme on le surnomme à l'UMP, le directeur général du parti Éric Cesari dont l'accent chantant rappelle à chaque syllabe son origine insulaire, et la directrice financière, Fabienne Liadzé. Tous deux ont travaillé pour la campagne, en soutien, tout en restant rémunérés par l'UMP. Dans l'organigramme de la campagne, ils n'ont aucune fonction officielle. Cette répartition des tâches est légale, en période de campagne, le parti du candidat a évidemment l'autorisation d'aider son champion à gagner.

Reste Dominique Dord. Celui-ci est trésorier, mais uniquement de l'UMP. Il occupe cependant un rôle pivot dans la campagne : c'est lui qui a signé tous les chèques émis par le parti pour payer les frais du candidat Sarkozy. Des sommes qui ont vocation à être partiellement réintégrées par la suite dans les comptes de campagne. En théorie, c'est l'AFCNS (Association de financement pour la campagne de Nicolas Sarkozy) qui aurait dû tout payer, mais la structure a été finalisée trop tard, et l'UMP a avancé de l'argent à sa place. Un système totalement légal.

Les responsables et trésoriers de l'UMP et de la campagne 2012

NICOLAS SARKOZY

Campagne	UMP
Guillaume LAMBERT Directeur de campagne	Éric CESARI Directeur général (DG)
Philippe BRIAND Trésorier de la campagne (AFCNS : Association de financement pour la campagne de Nicolas Sarkozy)	Dominique DORD Trésorier du parti
Jérôme LAVRILLEUX Directeur adjoint de la campagne	Fabienne LIADZÉ Directrice des affaires financières (DAF)

En ce mois de juillet 2014, au fur et à mesure des révélations de la presse sur la double comptabilité retrouvée par les enquêteurs dans les ordinateurs de Bygmalion et les factures astronomiques des meetings de Sarkozy, les hommes du président touchent le fond. Dominique Dord, qui a été convoqué fin mai comme témoin par les enquêteurs de l'Office central de lutte contre la corruption à Nanterre, répète qu'il ne savait rien. Qu'il a bien signé des chèques, oui, mais qu'il pensait que les événements avaient eu lieu. Il ne s'est pas rendu compte que les sommes étaient ahurissantes. Il ponctue ses phrases de lourds mouvements de bras désabusés... Il s'est transformé en moulin à vent. Il a bien conscience que tout le monde dit la même chose, et il ne se fait aucune illusion. Pourquoi le croirait-on, lui, et pas les autres ? Comment peut-il décemment affirmer que les autres mentent quand lui est sincère... alors que leurs arguments sont les mêmes ? Plus personne ne dort sur ses deux oreilles. Philippe Briand passe une partie de ses soirées et de ses nuits le nez dans les cartons de la comptabilité de la campagne électorale. Quand il vient à Paris, les semaines suivant les aveux de Jérôme Lavrilleux, il emporte une chemise en plus, au cas où une convocation chez les enquêteurs vienne rallonger son séjour. Il ne comprend pas où est le « loup ». Tout ce qu'il a signé est carré. Toutes les factures « officielles » sont crédibles. Si entourloupe il y a eu, il pouvait ne pas savoir... Pire : il ne pouvait pas le savoir, jure-t-il. Guillaume Lambert, lui, n'a qu'une seule peur : perdre son poste de préfet. C'est tout ce qu'il a, répète-t-il en boucle, en bégayant presque, à ses interlocuteurs qu'il ne cesse d'appeler pour clamer son innocence. Éric Cesari est le plus stoïque de la bande. Il se contente d'affirmer qu'il ne savait rien, et tant pis si sa signature figure sur tous les devis des fausses factures. Fabienne Liadzé maigrit à vue d'œil selon ses proches. Elle garde un silence douloureux et s'excuse auprès des journalistes de ne pas pouvoir leur répondre. Elle ne parlera qu'aux enquêteurs. À eux, elle dira tout.

18 millions d'euros leur seraient passés sous le nez ? 18 millions d'euros dépensés pour des événements auxquels ils ont tous assisté ? C'est tout bonnement impossible, jurent-ils presque en chœur. L'argent est donc parti ailleurs. La petite troupe de ces fidèles sarkozystes, dans les couloirs de l'UMP, a gagné un surnom : les bonobos, en référence aux trois fameux « singes de la sagesse » qui se bouchent les oreilles, se cachent les yeux et s'enfoncent la tête dans le sable. « C'est pire que le bal des faux culs, c'est l'assemblée des débiles profonds », rigole un élu de droite. Eux-mêmes ont opté pour l'autodérision. Philippe Briand et Dominique Dord ont prévu de créer la fraternité des ploucs... Ils veulent bien élargir le cercle et accueillir le préfet Lambert, celui qui bégaie. Ils ont tout prévu : leur congrès doit se tenir d'ici fin 2014... Dans quelle ville ? Nanterre évidemment, là où est installé le siège de l'Office central de lutte contre la corruption, chargé de l'affaire Bygmalion. Ils plaisantent. Mais le cœur n'y est pas toujours.

Guillaume Lambert, le préfet dépassé

À part le titre de préfet, Guillaume Lambert n'a quasiment aucun point commun avec son prédécesseur. Claude Guéant, directeur de campagne de Nicolas Sarkozy en 2007, bénéficiait d'une grande proximité avec le candidat. Ce dernier l'écoutait, le respectait, se rangeait parfois même à son avis. Guéant était l'homme idoine. Guillaume Lambert, au contraire, est nommé directeur de campagne en 2012 par défaut. René Ricol, l'ancien médiateur du crédit, était le premier choix du président mais il a décliné la proposition. C'est donc pour rendre service et alors qu'il n'en a pas vraiment envie, que cet ancien élève de l'École du commissariat de la marine, chef de cabinet du président de la République depuis 2010, accepte le poste.

De l'avis de tous ceux qui ont côtoyé cet homme élégant à l'allure aristocratique, le costume était bien trop grand pour lui. « Avec Guéant, la campagne n'aurait jamais dérapé ainsi, raconte un sarkozyste, convaincu que la majeure partie des 18 millions d'euros a bien été engloutie dans les frais de campagne. Car Sarkozy l'écoutait. Il aurait pu lui dire stop, on déconne, on revoit toute l'organisation. Lambert était complètement effacé face au président, il acquiesçait, et c'est tout. »

Dès le début de la campagne, le rôle de Lambert est minimisé. Il est acquis que c'est l'UMP qui doit prendre en charge le back office, Sarkozy n'étant entouré que d'une équipe resserrée. D'ailleurs, jusqu'à mi-avril, l'Association de financement pour la campagne de Nicolas Sarkozy (AFCNS), créée pour régler les frais du candidat, n'a pas encore d'autorisation de paiement, et c'est l'UMP qui avance l'argent. Très vite, Lambert confie également la gestion des meetings à Jérôme Lavrilleux. Il en explique les circonstances dans une longue lettre au procureur de la République de Paris, écrite le 13 juin 2014. Une lettre de préfet, rigoureuse, avec introduction, développement en quatre points, annexes et notes de bas de page que nous avons pu consulter. Ce courrier est destiné à prouver sa probité et à devancer une éventuelle convocation et un placement en garde à vue.

« Je ne connais que très peu Jérôme Lavrilleux mais je comprends rapidement qu'il dispose d'une solide expérience dans la conduite d'une campagne électorale », explique-t-il dans son courrier. « Il a la charge de l'organisation des meetings [...] Je n'ai aucun pouvoir sur Jérôme Lavrilleux », qui n'a d'adjoint que le nom, précise Lambert qui reconnaît son manque d'expérience, n'ayant lui-même « jamais été confronté aux exigences d'une campagne électorale ni à la maîtrise des rouages d'un parti politique ». Par la suite, « Jérôme Lavrilleux lie très clairement l'implication de l'UMP dans la campagne au fait de retenir Event & Cie comme prestataire exclusif, écrit le préfet dans sa lettre. Je constate en effet la très grande proximité de Jérôme Lavrilleux avec les équipes d'Event, avec lesquelles il se déplace en précurseur sur chacun des sites de meeting et à l'égard desquels il se comporte comme le seul véritable donneur d'ordre ». Une contre-attaque en bonne et due forme face aux accusations de Jérôme Lavrilleux, qui ne cesse de répéter au printemps 2014 que Guillaume Lambert était bien évidemment au courant de tout le système de double facturation mis en place par Bygmalion et l'UMP. C'est faux, s'insurge Lambert en privé, qui feint de s'étonner que Lavrilleux puisse ainsi le pointer du doigt...

Mais la campagne a-t-elle vraiment pu s'emballer sans que son directeur ne s'en aperçoive ? Difficile à croire. Lambert jure d'ailleurs à des proches que la campagne ne s'est jamais emballée, insinuant que l'argent est parti ailleurs. Il refuse de rencontrer les journalistes, pour le leur dire de visu, mais multiplie les coups de téléphone aux sarkozystes. D'après lui, tous les meetings étaient prévus bien à l'avance. Il a toujours communiqué à l'UMP « le planning des activités quinze jours au plus tard avant leur réalisation afin de limiter au minimum l'augmentation des prix qu'implique l'organisation d'une réunion au dernier moment », assure-t-il au procureur. Et il n'a cessé, jure-t-il, de surveiller l'évolution des dépenses. Le détail de ses agendas, dans lesquels il a fouillé avant de prendre sa plume, prouve son sérieux, son assiduité. Il a retrouvé la trace de sept rendez-vous au QG de campagne, en présence de Fabienne Liadzé, pour faire le point sur les finances de la campagne. Il est évidemment disposé à les donner à la justice... Son ultime garde-fou est d'ailleurs insoupçonnable : il s'appelle Pierre Godet. L'expert-comptable de la campagne, issu du cabinet Akelys, a rédigé des notes tout au long de cette période. Ces écrits, que nous avons pu consulter, prouvent d'après Lambert que si dérapages il y a eu, ils étaient sous contrôle. Par exemple, après avoir pris connaissance de la facture – colossale – des deux premiers meetings à Annecy et Marseille, Godet tire la sonnette d'alarme. « Il conviendrait à notre avis d'envisager la baisse des prix de certaines actions de campagne au chapitre desquels certains meetings du premier tour pourraient être engagés à un coût inférieur à celui prévu », écrit-il le 7 mars 2012. Les factures de ces deux meetings s'élèvent à 253 000 euros et 770 000 euros d'après la comptabilité d'Event. Pour mémoire, ils seront déclarés à 69 000 euros et à 100 000 euros dans les comptes de campagne. Lambert convoque alors Franck Attal, et les prix des meetings suivant sont revus à la baisse. « C'est à ce moment-là qu'il a négocié les fameux devis à 70 000-80 000 euros pour un petit meeting, 100 000 euros pour un moyen et 300 000 euros pour un gros, le défend Philippe Briand. Ces devis nous sont apparus cohérents. Je crois que Guillaume Lambert a eu les scrupules de faire les choses correctement[1]. »

Les cadres d'Event & Cie confirment l'existence de ces négociations et de ces devis. Mais ils ajoutent que les prix n'ont finalement jamais pu être baissés, car les demandes supplémentaires de dernière minute ne se sont jamais taries… faisant exploser les coûts des prestations. Lambert dément. Des économies ont

1. Entretien avec l'auteur, 23 juillet 2014.

bien été demandées et effectuées. Exemple : en fond de scène, on demande un « fond bleu » et non plus une « photo du candidat ». La « scénographie est allégée ». Les « buffets simplifiés » et la « taille des estrades réduite ». « Les factures d'Event qui me sont soumises par Fabienne Liadzé et qui sont transmises au trésorier pour règlement portent sur le coût complet et définitif des réunions publiques et correspondent aux prestations commandées, affirme Lambert. Leurs prix sont conformes à ceux négociés par l'UMP. » Il a fait son travail correctement. Après le second tour, « les 9 et 24 mai, puis le 12 juin », se tiennent trois réunions pour régler les dernières dépenses de campagne avec la directrice financière de l'UMP, le cabinet Kaelys et le trésorier de l'association, Me Philippe Blanchetier. Verdict selon Lambert : « Aucune anomalie n'est pointée. [...] Jamais personne à l'UMP, pourtant en charge du suivi comptable des dépenses de la campagne, n'a appelé notre attention sur une éventuelle flambée des dépenses ou sur les conséquences financièrement excessives du nombre des activités de campagne programmées. » S'il y a eu des fausses factures, elles ne seraient donc jamais passées par lui, jure-t-il... Les 18 millions d'euros n'ont donc pas pu disparaître dans « sa » campagne.

Philippe Briand, le chef d'entreprise de la campagne

Il ne fait pas partie du premier cercle des sarkozystes. Si le candidat jette début 2012 son dévolu sur le député-maire de Saint-Cyr-sur-Loire pour en faire son trésorier, c'est parce que « je sais qu'avec toi, tout sera bien géré », lui lance-t-il en guise d'adoubement. Philippe Briand, soixante-trois, qui a effectué une très brève carrière ministérielle – il n'est resté qu'un mois aux affaires en 2004 sous le gouvernement Raffarin III –, est surtout un autodidacte accompli comme l'ancien président les aime. Son groupe Citya Immobilier, qui emploie aujourd'hui deux mille cinq cents personnes et l'a rendu riche à millions (sa fortune est évaluée à 100 millions d'euros, d'après le dernier classement du magazine *Challenge*[1]), il l'a fondé de toutes pièces. Sa légende personnelle raconte que tout a commencé avec cinq studios à Tours achetés avec l'héritage de ses parents – mère coiffeuse, et père commerçant aux halles. Le talent, le travail et l'obstination ont fait le reste. « J'ai la réputation de bien gérer les choses, aime-t-il à répéter. Tous les contrôles qui ont été effectués dans ma mairie ou dans mon entreprise n'ont jamais rien révélé d'anormal. » D'ailleurs, Nicolas Sarkozy n'est pas le seul à avoir placé sa confiance dans les talents gestionnaires de Philippe

1. « Classement des 500 plus grandes fortunes de France », *Challenge*, 9 mai, 2014.

Briand. En juin 2012, le député d'Indre-et-Loire est devenu l'un des trois questeurs de l'Assemblée nationale, rejoignant ce petit groupe de députés chargés de gérer le budget, les dépenses et la gestion administrative de l'Assemblée. Habitué à réussir, à décider, à convaincre, Philippe Briand est donc formel : les frais de campagne n'ont pas explosé. Pas sous sa coupe. Tous les documents remis à la Commission nationale des comptes de campagne le prouvent. Il est victime, comme le président, d'une escroquerie présumée... « Quand je regarde les dépenses de la campagne, je constate que nous avons consacré 13,7 millions d'euros pour quarante-trois meetings, constate-t-il, acceptant pour la première fois de s'expliquer en détail sur cette affaire. François Hollande a dépensé 9,3 millions pour environ le même nombre d'événements. Ce qui signifie que nous avons dépensé 40 % de plus que le candidat du PS. » Impossible donc pour Briand d'imaginer que cette dépense déjà très importante ait pu être sous-facturée. « Du point de vue de l'équipe de campagne dont je faisais partie, la somme que nous avons déclarée pour les meetings était cohérente », poursuit-il. Lui-même n'était pas présent quotidiennement au QG de campagne. Il se rendait au siège de l'UMP, une fois par semaine, pour signer les engagements de dépense (voir annexe 13) préparés par les experts-comptable et Fabienne Liadzé. Ces documents, préalables obligatoires à toute signature de chèque, sont signés par le demandeur de la dépense, ici Pierre Chassat, le directeur de la communication de l'UMP, qui n'a jamais répondu à nos sollicitations. Puis Fabienne Liadzé. Et enfin Philippe Briand en tant que trésorier. « Mon rôle était d'examiner les tableaux de bord des dépenses avec les experts-comptables, qui faisaient, à mon sens, un très bon boulot et qui ont travaillé à la campagne de 2007, poursuit Briand. Ils avaient une parfaite connaissance du mécanisme, et de la facturation acceptable pour un meeting de campagne. Ensuite j'avais des rapports quasi exclusivement avec le directeur de la campagne, Guillaume Lambert, avec qui je faisais un point très précis des comptes chaque semaine. »

Dominique Dord, le trésorier confiant

Dominique Dord aurait pu tout savoir. Le député-maire d'Aix-les-Bains nie pourtant toute implication dans cette affaire de fausses factures. Élu trésorier de l'UMP en août 2010, du temps de Xavier Bertrand, Dominique Dord est celui qui va signer tous les chèques pour Bygmalion. Soit, au total, près de 23 millions d'euros en 2012. L'élu ne s'explique pas comment il a pu laisser ainsi filer l'argent du parti... « Après la campagne de 2007, je savais que l'UMP s'était retrouvée avec un déficit de 37 millions d'euros, explique celui qui a pris la succession d'Éric Woerth, poussé à la démission par l'affaire Bettencourt. Je m'attendais donc à devoir payer de grosses factures pendant cette période d'élection. Je m'attendais à une avalanche de dépenses, cela explique peut-être que je n'aie pas vu[1]... » Avec le recul, Dord estime que son aveuglement peut également s'expliquer par la confiance totale qu'il avait dans le dispositif mis en place à l'UMP. En 2012, quand il signe un chèque, le trésorier n'est pas le seul décideur : il dispose d'un bon de commande (voir annexe 14) où sont apposées quatre signatures. Figure tout d'abord le paraphe de celui qui a commandé la dépense. Concernant les meetings, comme les fausses conventions, il s'agissait (comme pour la campagne) de Pierre Chassat, directeur de la communication de l'UMP. Puis celle de la directrice financière (Fabienne Liadzé), du directeur général (Éric Cesari) et enfin du directeur de cabinet du président de l'UMP, en l'occurrence Jérôme Lavrilleux. Une procédure instaurée par Éric Woerth pour encadrer toutes les dépenses. « Pour moi, cette procédure, c'était un boulevard, poursuit Dominique Dord. Ces signatures représentaient à la fois des garants et des moyens de contrôle. Liadzé avait été nommée par Xavier Bertrand, Éric Cesari est un proche de Sarkozy, et Lavrilleux et Chassat sont des copéistes. Pour moi, il n'y avait donc aucune entourloupe possible, ils s'autocontrôlaient. » Toutes les semaines, pendant une heure, Dominique Dord se rend donc rue de Vaugirard dans le bureau de Fabienne Liadzé pour signer les chèques, et vider les parapheurs. « Donc oui, j'ai signé des factures énormes, et je n'ai pas été choqué par ces montants. »

1. Entretien avec l'auteur, 9 juillet 2014.

Dominique Dord, qui reçoit dans son petit bureau au troisième étage de l'Assemblée nationale, met enfin son absence de sens critique sur le compte du climat de sérénité qui régnait alors au sein du parti. Quand Jean-François Copé prend la tête de l'UMP en 2010, Dord n'est pas sûr que les relations avec son nouveau patron vont être de tout repos. Et pourtant, la cohabitation sera calme. Voire fructueuse. « Pendant la campagne, tout s'est très bien passé. Éric Cesari et Jérôme Lavrilleux travaillaient main dans la main, tout allait pour le mieux. Jean-François Copé se démenait pour faire élire Sarkozy. J'ai signé tous les chèques avant l'été, sans me soucier de leur authenticité, je n'avais pas de doute. Peut-être que si on m'avait présenté ces montants au mois de novembre 2012, en pleine guerre interne, j'aurais tilté, avoue-t-il aujourd'hui. Mais, à ce moment-là, il ne restait plus qu'un million à payer, une queue de comète. » À le croire aujourd'hui, ce n'est donc pas après avoir découvert l'ampleur de la magouille qu'il décide de jeter son tablier en novembre 2012, comme le laissent entendre bon nombre d'élus de droite, mais bien pour dénoncer les tricheries du clan de Copé pour le faire élire président de l'UMP. « Quand j'ai démissionné, j'étais à mille lieues de penser que des délits pénaux avaient été commis au sein du parti, confirme Dord. C'est début mai que j'aurais dû avoir un doute, mais, début mai, tout le monde s'aimait, tout allait bien. » Et quand on s'aime, on ne compte pas.

Éric Cesari, l'œil de Moscou, et Fabienne Liadzé, la fille du pasteur

Ils sont tous les deux employés par l'UMP. Éric Cesari, le directeur général (DG), et Fabienne Liadzé, la directrice administrative et financière (DAF), ont tous les deux contrôlé les finances de la campagne de Sarkozy. Ils assistaient aux réunions du comité de pilotage technique au QG du candidat. Ils ont signé des factures et des engagements de dépenses. Même si le premier est élu maire adjoint à Courbevoie et président de la communauté d'agglomération Seine-Défense, et la seconde conseillère municipale à Issy-les-Moulineaux, ces deux personnages ne sont pas destinés à prendre la lumière. Ils ont l'habitude des coulisses, du deuxième plan et de la discrétion. Ils ne figurent d'ailleurs quasiment sur aucune photo officielle. Ont-ils donc accepté ou décidé de faire le sale boulot pour que les élus gardent les mains propres ? Peut-être, explique-t-on à l'UMP. Mais sur ordre. Remerciés du parti après la démission de Jean-François Copé, tous les deux n'ont pas adopté le même système de défense.

Éric Cesari, lui, répète qu'il n'a jamais rien su. Surnommé « l'œil de Moscou » à l'UMP, en raison de sa proximité avec Nicolas Sarkozy, l'homme a été placé à ce poste par le président de la République en 2008 pour tout savoir sur « son » parti… et tout lui répéter. Ce Corse de cinquante-cinq ans, un ancien de chez Charles Pasqua, est d'ailleurs l'un de ceux que Jérôme Lavrilleux pointe du doigt. C'est dans son bureau, affirme Lavrilleux, que s'est tenue la fameuse réunion sur la ventilation des frais de campagne de Sarkozy vers les comptes de l'UMP. Devant les juges, Cesari pourra toujours dire que Lavrilleux ment. Parole contre parole... Mais la justice devrait également mettre la main sur des preuves écrites de l'implication de Cesari dans le système. La signature du DG figure en effet sur les devis des fausses factures payées par l'UMP à Bygmalion (voir annexe 15). C'est le seul paraphe qui apparaît sur ces documents fantasques portant l'intitulé de conventions imaginaires. « J'ai donné un coup de main pour désengorger les parapheurs, c'est tout[1] », répète Cesari à ses proches, alors que l'affaire explose et que les fausses factures signées de sa main sortent dans *Libération*. À d'autres interlocuteurs, il ajoute une phrase plus mystérieuse, plus ambiguë : « Je devais juste fermer ma gueule, sinon je me faisais virer. »

Il accepte finalement de nous rencontrer à la fin du mois de juillet. La veille de son départ pour son village corse de Piana, où il compte se « recharger » en attendant sa convocation pour son licenciement de l'UMP, l'homme veut s'expliquer. Il préfère s'asseoir dehors, sans aucun voisin de table, pour parler « tranquillement ». Il ne veut pas s'étendre sur la procédure de licenciement en cours, car il compte bien

1. Alain Auffray et Violette Lazard, « Bygmalion : le nom de Cesari, proche de Sarkozy, était sur le devis », *Libération*, 10 juin 2014.

aller aux prudhommes. Quelle faute grave pourrait-on lui imputer ? Aucune, selon lui. Qui a la preuve de son implication dans le système de fausses factures ? Personne. Et ses signatures ? « Quelqu'un de très bien intentionné m'a probablement apporté des parapheurs plein le vendredi à 17 heures, grince-t-il. Dans ces cas-là, on se transforme en machine à signer... Et vous pensez vraiment que si j'étais complice d'une escroquerie, je m'amuserais à signer des devis alors que je n'y suis formellement pas obligé ? Je n'ai peut-être pas fait l'ENA, mais je n'ai pas non plus fait l'école des ânes ! J'ai signé, oui, mais ma signature est purement formelle, elle n'autorise pas les dépenses[1]. » C'est vrai. Dans une association comme l'UMP, la délégation de signature appartient au trésorier. Mais la signature de Cesari était là pour rassurer. Prouver que la dépense était justifiée. « En gros, mon rôle était simplement de vérifier que le directeur de la communication ne commandait pas des frigos, poursuit-il. J'étais le passe-plat... Je ne suis ni demandeur, ni organisateur, ni décideur. » Il affirme n'avoir jamais été interloqué par les intitulés bidon qui figuraient sur les devis... « On fait des conventions sur des thèmes à la con tout le temps, c'est de l'animation politique. Moi, je ne m'implique pas, je n'y suis jamais allé, je ne suis pas l'intellectuel de service. Le débat, ça m'emmerde. Vous allez me dire que j'ai été léger ? Eh bien oui, j'ai peut-être été léger. Mais c'est tout. »

1. Entretien avec l'auteur, 18 juillet 2014.

Sauf que pour ceux qui l'ont côtoyé à l'UMP, cette excuse ne tient pas la route. « Je me souviens très bien de toutes les grosses sommes que j'ai signées[1] », explique, par exemple, Jérôme Peyrat, son prédécesseur au poste de DG de l'UMP, et qui a travaillé quelques mois avec Cesari. « Cesari est tout sauf bête, réagit un autre cadre de l'UMP qui l'a bien connu. Ce serait même lui faire insulte que de croire qu'il a pu signer des devis sans demander à quoi ils correspondaient et sans regarder les montants. Quand on voit des sommes pareilles, on fait mentalement le calcul. Cesari avait plus de pouvoir que ce qu'il veut faire croire aujourd'hui. »

Certains employés l'ont appris à leurs dépens. Par exemple, en novembre 2012, alors que les couteaux sont sortis et déjà sanglants entre pro-Fillon et pro-Copé, Éric Cesari – qui soutient le second – décide de virer le responsable juridique de l'UMP, David Biroste. Sa faute ? Avoir tenté de faire respecter les règles d'une élection neutre... Alors qu'aucune motion n'avait alors le droit de se revendiquer de Nicolas Sarkozy, les promoteurs de la droite forte – Geoffroy Didier et Guillaume Pelletier – voulaient faire fi de cette interdiction en inscrivant sur les bulletins « Génération Sarkozy ». Biroste avait tenté de s'y opposer, alors que Cesari n'y trouvait rien à redire. Biroste, docteur en droit, occupait également un poste potentiellement gênant. Il assurait le secrétariat de la Commission d'organisation et de contrôle

1. Entretien avec l'auteur, 23 juillet 2014.

des opérations électorales (Cocoe), ce fameux organisme chargé de veiller au bon déroulement de l'élection du président de l'UMP…

Au sein du parti, Éric Cesari est donc craint. Mais guère respecté. « Quand on évoque le directeur général d'un parti, on pense à un boss. Cesari, c'est un faux boss, raconte un des anciens cadres dirigeants de l'UMP. Il était présent lors de tous les bureaux politiques élargis de l'UMP, mais il restait discret, il ne fréquentait pas la base, plutôt les chefs. Un poste de directeur de cabinet lui aurait mieux convenu. Les seules vraies décisions qu'il a prises en tant que DG, ç'a été de virer des personnes pour protéger Jean-François Copé. » Pour le rabaisser, les élus aiment notamment évoquer et moquer sa « corsitude ». Comme Patrick Devedjian, secrétaire général de l'UMP jusqu'en 2008, qui a travaillé avec Cesari quelques mois. « C'est une petite main, comme il y en a beaucoup dans les partis politiques, explique le président du conseil général des Hauts-de-Seine. Je me demande d'ailleurs si le costume n'était pas un peu trop grand pour lui, s'il avait vraiment le gabarit. Ce n'est pas un Lavrilleux », ajoute celui qui décrit Cesari, l'homme, comme « quelqu'un qui passe ses vacances en Corse et qui possède une paillote »[1]. D'autres pastichent son accent, qui ressemble à s'y méprendre à celui de son ancien mentor, Charles Pasqua, dont il a été un très proche collaborateur. Ils oublient peut-être que ce phrasé n'a pas

1. Entretien avec l'auteur, 11 juin 2014.

empêché le second de devenir ministre de l'Intérieur et de régner sur les Hauts-de-Seine pendant plus de trente ans... « Il avait des photos de lui avec Pasqua partout dans son bureau, c'était ridicule », se souvient un autre dirigeant de l'UMP. Sur les étagères, figuraient également des photos de lui avec Nicolas Sarkozy, dont il a été le directeur de cabiner au conseil général des Hauts-de-Seine.

Personne ne doute que toutes les informations dont Cesari disposait, il les faisait immédiatement remonter à l'Élysée, puis dans les bureaux de la rue de Miromesnil après l'échec de Sarkozy à la présidence. « Il disait souvent, quand il revenait de l'Élysée, qu'il fallait faire ça, ça et ça. Il était en contact régulier avec Claude Guéant et ne s'en cachait pas », raconte un salarié de l'UMP. Mais les avantages qu'il tire de cette proximité avec « Dieu » déplaisent. « Il avait deux chauffeurs pour lui tout seul », dénonce un employé de l'UMP. « J'avais un chauffeur à mi-temps, j'ai repris celui de Jérôme Peyrat, l'ancien DG », rectifie Cesari. Comment justifie-t-il son salaire de plus de 10 000 euros net par mois ? « Je ne vais pas m'en excuser, je viens du privé et si j'y étais resté, je gagnerais plus que ça. » *Quid* de sa voiture avec gyrophare ? « Les chefs des partis politiques ont une voiture avec un gyrophare, justifie-t-il. Il y en a plusieurs à l'UMP, cela fait l'objet d'une demande au ministère de l'Intérieur. Vous me voyez accrocher un gyrophare moi-même avec un tournevis ? » Claude Guéant tempère les rumeurs sur sa proximité avec le DG de l'UMP.

« Cesari, c'est quelqu'un de proche, il a été mis à ce poste car c'est un soldat fidèle, c'est vrai, mais il ne m'appelait pas tous les jours, explique l'ancien ministre de l'Intérieur. Il me passait un coup de fil par mois... peut-être deux. On se retrouvait parfois à l'occasion de réunions politiques auxquelles il venait[1]. » Mais, dans le camp Sarkozy, personne ne doute de sa fidélité et de son aptitude au silence. « Cesari est un homme de fidélité, de la première à la dernière heure, tranche un de ses proches. Il n'est pas vraiment du genre à étaler ses états d'âme à la télé en direct... » Ni devant les enquêteurs.

Fabienne Liadzé, elle, a décidé de tout dire à la justice. Et de se taire d'ici là. « Je ne quitte pas cette maison comme une voleuse, et je choisis ce mot à dessein », a-t-elle simplement expliqué, émue, devant les salariés rassemblés lors de son pot de départ de l'UMP. Quand elle est licenciée, le 17 juin, en même temps que les copéistes et les personnes soupçonnées d'être impliquées dans le dossier Bygmalion, Fabienne Liadzé est la seule à avoir le droit à un pot de départ surprise. « Tout le monde a eu le sentiment qu'on lui faisait payer des choses qu'elle avait simplement exécutées, résume un salarié. En plus, c'est quelqu'un de très sympathique, qui ne hausse jamais le ton... Son pot de départ improvisé en cette période mouvementée montre les sentiments qu'elle a inspirés lors de son passage à l'UMP. » Le nouveau triumvirat mis à

1. Entretien avec l'auteur, 15 juillet 2014.

la tête de l'UMP ne l'a pas laissee filer du jour au lendemain. Avant que Fabienne Liadzé ne quitte définitivement l'immeuble, les salariés la verront effectuer des allers-retours incessants entre son bureau situé au 5e étage et le 8e étage, celui des patrons, les bras chargés de dossiers et classeurs comptables. La tête haute, elle fera le tour de tous les bureaux pour saluer un à un les employés de la rue de Vaugirard pour leur dire au revoir.

« C'est son côté DRH », grince un employé de l'UMP. Avant d'être promue directrice des affaires financières, Fabienne Liadzé, une ancienne du cabinet d'audit Arthur Andersen, a d'abord été recrutée par Éric Woerth comme directrice des ressources humaines du parti. « Quand elle était DRH, elle prenait en compte les aspirations des gens, elle a fait du bon boulot, raconte un autre salarié. Quand elle a été promue par Cesari et Lavrilleux, elle a un peu oublié cet aspect. Elle nous a toujours donné l'impression d'avoir peur de perdre sa place. Elle n'a jamais su dire non. On ne l'a jamais vue s'opposer à la hiérarchie. » À en croire ses collègues, malgré son titre de directrice, elle faisait tout valider par Éric Cesari et Jérôme Lavrilleux. Les cadres d'Event & Cie en contact avec elle pendant la campagne confirment. Elle enregistrait les décisions prises, mais ne les prenait pas. Au sein de l'UMP, tous les cadres réfutent qu'elle ait pu être l'une des têtes pensantes du système frauduleux. « C'est une fille de pasteur, c'est quelqu'un de très droit », entend-on par exemple très souvent. « On ne perçoit chez elle aucun gramme de malhonnêteté », ajoute Philippe Briand. « C'est quelqu'un que j'apprécie beaucoup, avec qui je partage des valeurs communes, renchérit Dominique Dord. Elle est animée par une loyauté absolue, on pourrait dire aujourd'hui excessive[1]. » Même si elle n'a fait qu'obéir, Fabienne Liadzé risque de ne pas échapper à des poursuites pénales dans le cadre de l'enquête judiciaire au nom de la fameuse théorie des « baïonnettes intelligentes » qui veut que l'exécutant d'un ordre illégal soit également considéré comme responsable.

1. Entretien avec l'auteur, 9 juillet 2014.

8

Voyage au pays des prestataires de la campagne

« Nous avons livré les mêmes prestations que pour une entreprise du CAC 40. »

Ari Papazian, responsable de production chez l'un des prestataires de la campagne

L'homme que nous rencontrons en cette fin de mois de juillet est un professionnel de l'événementiel. Depuis vingt-cinq ans, il travaille pour des partis politiques, des boîtes de spectacles, la télévision, il monte des festivals de films ou des salons du livre. De toute sa carrière, ce chef de PME installé non loin de Paris et qui tient à rester anonyme pour des raisons évidentes – « ne pas se cramer dans le métier », « ne pas mettre ses clients en difficulté » –, n'a jamais vu des factures pareilles. Dans un sac à dos, classées dans des pochettes multicolores, une pour chaque meeting, nous lui avons apporté pour

« expertise » les centaines de factures des prestataires extérieurs qui ont travaillé sur la campagne de Nicolas Sarkozy en 2012, et que nous nous sommes procurées. Les enquêteurs ont également saisi ces centaines de documents, qu'ils épluchent dans le cadre de l'enquête judiciaire en cours. Nous lui avons également apporté la comptabilité tenue pendant cette période par Event & Cie, qui permet de voir la marge effectuée par l'entreprise. Comme à d'autres professionnels de ce monde de l'événement, des familiers des partis politiques ou des habitués des tournées musicales, nous lui avons posé plusieurs questions. Ces factures sont-elles fausses ? Les prix correspondent-ils aux prestations décrites dans ces documents ? En regardant les vidéos de chacun des meetings étudiés, retrouve-t-on les prestations facturées ? Après quatre heures de travail intense, notre chef de PME est écœuré. Écœuré par la débauche de moyens qui s'étale sous ses yeux. D'après lui, comme d'après les autres personnes à qui nous avons montré ces documents – tous s'expriment dans ce chapitre de façon anonyme : commerce et politique ne font pas bon ménage –, ces factures ne sont pas factices. Elles ne mettent pas en évidence un système de rétrocommissions à grande échelle, avec des entreprises en forme de coquille vide qui auraient facturé des événements fictifs et reversés l'argent de l'UMP à des tiers sous forme de valises de cash. Les boîtes existent, nous les avons appelées et avons vérifié leurs comptes quand cela était possible dans les greffes des tribunaux de commerce. Les résultats déclarés en 2012 sont cohérents avec l'argent qu'elles ont gagné pendant la campagne. Et les prestations facturées correspondent aux images et aux photos des meetings de Nicolas Sarkozy : les caméras, les écrans et les lumières payés par le candidat ont par exemple bien été installés. Ce qui écœure par-dessus tout notre chef de PME, lui qui connaît les règles d'une campagne électorale et qui sait qu'une grosse partie de l'enveloppe est remboursée par l'État, ce sont les factures hors de prix qu'ont présentées les entreprises. Elles ont, selon lui, profité et parfois abusé du manque de contrôle et de bon sens de leurs clients qui transparaît de façon évidente... « C'est un délire intégral, analyse-t-il. Tout le monde s'est gavé, parce qu'ils n'étaient pas contrôlés... Je ne peux même pas comparer la qualité de la prestation avec d'autres événements où les gens peuvent venir gratuitement sans payer l'entrée... c'est du jamais vu. Même le festival de Cannes est plus cheap ! » La marge prise par la filiale de Bygmalion, qui grimpe parfois jusqu'à 30 % sur un événement, achève notre « expert ». « Il arrive qu'on nous prenne pour des voleurs, mais, avec des gens comme ça dans la profession, ça ne nous aide pas. »

Pour chaque meeting, un film avec réalisateur et directeur photo...

Pour comprendre comment les 18 millions d'euros litigieux ont pu être dépensés en moins de trois mois, il suffit d'ouvrir l'une des pochettes qui contiennent les factures. Prenons par exemple le meeting de Bordeaux, qui s'est tenu 3 mars 2012. Prix annoncé à la Commission nationale des comptes de campagne : 100 233,17 euros (voir annexe 16 et 17). Prix affiché dans la comptabilité d'Event & Cie : 506 213,34 euros. La première facture est celle de la société Leni. L'entreprise installée à Montreuil (Seine-Saint-Denis) fournira toutes les prestations vidéo de la campagne, un marché qui lui rapportera 4 millions d'euros en 2012. À Bordeaux, la facture de Leni s'élève à 97 000 euros. Notre expert ouvre de grands yeux, et parcourt la facture de quinze pages. La location de matériel a coûté 60 000 euros. Les moyens humains plus de 30 000 euros. On regarde sur internet la vidéo réalisée par l'équipe de campagne à Bordeaux et les photos prises par les journalistes présents ce jour-là. « Il y a des dizaines d'écrans disposés partout, en dépit du bon sens, constate notre spécialiste. Même en backstage. Mais pourquoi ? Ça ne sert à rien, c'est du gaspillage. » Il conclut : « Il n'y a pas surfacturation évidente, c'est du matériel dernier cri, c'est du très très très luxueux. » « La vidéo, c'est ce qui flingue, confirme l'un de ceux qui ont participé aux deux dernières campagnes présidentielles du PS, côté organisation. Après le premier meeting de Ségo en 2007, où nous n'avions pas fait attention à limiter la vidéo, nous avons immédiatement mis le holà après avoir reçu les factures. Avec Hollande, on le savait, nous n'avons donc quasiment pas mis d'écrans. »

Le patron de Leni, Pierre Boiteau, assure que ses factures sont réelles. Oui, il a fourni des prestations à l'équipe de campagne, il a gagné de l'argent, mais n'a pas fait non plus un bénéfice exceptionnel : 1 million d'euros en 2012 comme l'année précédente (voir annexe 18). « Le matériel que nous avons fourni était du haut de gamme, se défend-il. Nous avons été les premiers en France à avoir une super-régie haute définition, capable d'émettre un signal vidéo de la qualité d'une télévision, c'est ça qui les a fait rêver. Au départ, nous avons été contactés pour organiser six ou huit gros meetings. Nous en avons fait quarante-deux. Quand il faut transporter le matériel d'une ville à l'autre, cela a un coût, il faut l'assurer, il n'est pas toujours disponible... On compare nos prestations à celles des Stones, mais, sans vouloir être arrogant, ce que l'on fait c'est beaucoup plus pointu[1] ! » Le responsable de production au sein de l'entreprise qui s'est occupé de ce contrat, Ari Papazian, va même plus loin. Et nie toute gabegie. « On voyait bien qu'ils faisaient des événements luxueux, mais tout cela correspondait à un cahier des charges précis, explique-t-il. Nous, nous étions contents de faire de belles prestations. Quand un client veut une Rolex vous lui vendez une Rolex[2]. » Pierre Boiteau attend la visite des enquêteurs de l'Office central de lutte contre la corruption avec sérénité. Depuis que cette affaire a éclaté, dans le milieu, beaucoup tentent de le rassurer. « Des fausses factures, on en a tous fait », lui dit-on. Ou encore : « Si tu as fait des

1. Entretien avec l'auteur, 11 juin 2014.
2. Entretien avec l'auteur, 16 juillet 2014.

contrats pour faire ressortir un peu d'argent, ce n'est pas si grave. » « Mais le pire, c'est que je n'ai rien fait de tout cela, affirme-t-il en riant jaune. Mes comptes sont impeccables, les policiers le verront bien. »

Revenons à Bordeaux. L'équipe de Nicolas Sarkozy ne s'est pas contentée de louer des écrans. Pour faire tourner cette machine à image, cette machine censée faire gagner des élections, tout un staff a été recruté pour que les petits films montrant le candidat galvanisant les foules soient parfaits et prêts à être diffusés pendant les JT. Que faut-il pour faire un bon film ? Un réalisateur. Yves Barbara, réalisateur indépendant qui a travaillé longtemps à France 3 – notamment sur le *19/20* et *Thalassa* –, est sollicité. Le monde politique ne lui est pas étranger, il a travaillé avec Mitterrand, et a plus récemment réalisé les vœux de Sarkozy à l'Élysée en 2011. Embauché pour toute la campagne sur quasiment tous les meetings, d'après les factures en notre possession, le réalisateur a touché près de 60 000 euros (hors taxes). Sa société, 13 Janvier Productions, semble avoir été créée pour la campagne… Les statuts sont déposés le 29 décembre en 2011. Pour 2012, elle affiche une santé florissante (43 900 euros de résultat net), pour un chiffre d'affaires d'un peu moins de 100 000 euros. Le tout en moins de trois mois de travail. En 2013, les comptes n'ont jamais été déposés. La structure, dont la raison sociale est la « production de films institutionnels et publicitaires », a-t-elle été créée *ad hoc* pour la campagne de Nicolas Sarkozy ? Yves Barbara ne nous donnera aucune explication. Contacté, il nous a immédiatement raccroché au nez. Notre expert estime que les factures de 13 Janvier Productions, 4 500 euros pour une prestation, sont démesurées. « En général, sur un meeting, le réal arrive à 11 heures le matin au plus tôt quand l'événement a lieu le soir. Il n'y a pas à lieu de facturer quatre jours comme il le fait. Et surtout pas ce prix-là. Il ne vient sans aucun matériel, à ce prix, c'est de la marge à quasiment 100 %. »

De plus, l'homme est exigeant. Il réclame sur tous les meetings la location d'une grue télescopique, pour qu'une caméra puisse balayer la foule, d'en haut, donnant une impression de force, de mouvement, de marée humaine. L'image n'est parfois utilisée qu'une seule fois, mais rien n'est trop beau pour le président. Coût de la location de cette grue ? Il s'élève à 15 000 euros TTC à Bordeaux. Pour les autres meetings, il oscille entre 9 000 et 12 000 euros, hors taxes, comme l'attestent les factures de la société TSF dont nous avons pris connaissance. « Nous avons été consultés au dernier moment, nous explique la personne chargée de ce dossier au sein de cette entreprise spécialisée dans le cinéma. Nous avons fait un devis, et nous avons été très surpris car il n'a pas été négocié... Cela n'arrive jamais[1] ! » TSF ne va pas s'en plaindre. Grâce à ce marché, qui a représenté pour elle l'équivalent de « dix longs métrages », la société a réalisé en 2012 une année exceptionnelle. « Cette grue permet

1. Entretien avec l'auteur, 23 juillet 2014.

de réaliser des images de prestige, explique la société. Nous avons été un peu surpris car ils l'ont réclamée quasiment partout, à Clermont-Ferrand, Lille, Lyon, Montpellier, Strasbourg... » Le monde de l'événementiel est petit. TSF sait donc que l'équipe du candidat Hollande n'en a loué une similaire que pour les plus gros meetings de la campagne 2012.

Quelle est la dernière touche indispensable pour rendre les images impeccables ? Le regard d'un directeur photo... Il en a donc été recruté un pour toute la campagne de Nicolas Sarkozy afin de veiller à la qualité et l'harmonie des lumières lors des meetings. Tarif ? 4 950 euros par meeting. « Quand ils sont bien payés, leurs cachets se situent entre 800 et 900 euros par jour », s'étrangle l'un de nos experts. Pourquoi ce prix ? Nous appelons le gérant de la société Binefly, installée en Bretagne, qui a facturé ces prestations. Le gérant n'est pas surpris par notre coup de téléphone. « Je m'attendais à recevoir un appel de ce genre, répond-il, même si je m'attendais à ce que ce soit plutôt la police[1]. » Binefly, spécialisée dans la conception et la réalisation d'éclairages, est habituée à travailler avec des artistes (Jean-Marie Bigard au Stade de France), dans le monde de la publicité et parfois de la politique (le congrès des maires). En 2012, ils ont suivi le candidat sur quasiment tous ses meetings, jusque sur l'île de la Réunion. « Au début de la campagne, nous avons envoyé nos devis, nous avons mis notre

1. Entretien avec l'auteur, 23 juillet 2014.

meilleur matériel, explique le gérant. Nous nous attendions à ce que les prix soient discutés et revus à la baisse. » Mais la société Event & Cie signe immédiatement et sans débat. Vers la fin de la campagne, la société d'événementiel leur demande malgré tout de faire un effort… il n'y a plus d'argent. Binefly accepte, et revoit ses tarifs à la baisse. Les factures en notre possession montrent en effet que la prestation descend à 2 500, puis 1 000 euros. Au total, pendant la campagne, l'entreprise va gagner 111 864 euros (hors taxes) selon notre calcul.

L'adjoint du régisseur général adjoint…

Les membres de l'équipe de campagne ont-ils senti la catastrophe arriver ? L'un des permanents, qui n'était pas décisionnaire, acquiesce. Toutes ces factures ne l'étonnent guère. « Aucun appel d'offres n'a été lancé, rien n'a été négocié, les militants de l'UMP ont été mis de côté », déplore celui qui a travaillé sur les deux campagnes de Sarkozy. Il se souvient que, en 2007, l'organisation avait été totalement différente. « Je vais vous donner un exemple simple et très parlant, débute-t-il. En 2007, à chaque déplacement du candidat, on cherchait un traiteur pour préparer les buffets. Nous avions des enveloppes très réduites. Nous n'allions pas sur les Pages jaunes pour prendre un commerçant, nous appelions plutôt, disons Micheline, la présidente de la fédé du coin. Elle me donnait le nom du traiteur avec qui elle avait l'habitude de travailler et qui parfois avait la carte de l'UMP. On fixait un prix avec lui, durement négocié. Et pour le motiver et le convaincre, on lui disait : vous allez travailler avec Sarkozy ! Il dressait la table dans la loge et repartait avec une photo de lui et du candidat. Tout le monde était content... » En 2012, au contraire, tous les prestataires ont été sélectionnés parmi les meilleurs. Les régisseurs d'abord. « Au lieu d'avoir des militants corvéables à merci, et qui trouvaient ça drôle de tout changer à la dernière minute et de dormir trois heures par nuit car le candidat l'exigeait, nous avions des régisseurs professionnels, poursuit celui qui a suivi toute la campagne. Ils ne connaissaient rien à la politique, ils avaient travaillé avec Johnny Hallyday ou Mick Jagger... Ça rendait nos dîners de fin de meeting très intéressants... Mais avions nous besoin de ce degré d'exigence ? » L'un des organisateurs des meetings du PS confirme : « Impossible de faire une campagne qui reste dans les clous sans faire appel aux militants. Il faut faire tourner une machine qui ne rapporte pas un sou, nous avons donc besoin d'une part de bénévolat et de militantisme. »

Comme les régisseurs, les entreprises sélectionnées en 2012 par l'équipe de Sarkozy sont souvent les plus performantes du marché. Ainsi, le fournisseur de groupes électrogènes Lumex, sollicité sur certains meetings. « C'est comme rouler en Rolls, explique un familier des meetings. C'est hors de prix, mais c'est la classe, c'est parfait, nickel. » *Idem* pour La Boîte Noire, spécialisée dans la location de rideaux de scène pour le théâtre et le cinéma. Le produit est réputé, il est luxueux, donc très cher. Y avait-il besoin d'habiller les estrades des meetings avec les mêmes produits que pour des concerts ou des spectacles ? L'UMP semble s'être comportée comme une entreprise richissime. Les prestataires l'ont traitée comme telle. Le chargé de production au sein de Leni nous le confirme, à demi-mot. « Le genre de prestations que nous avons fournies pour la campagne ressemblent à celles que nous livrons pour les assemblées générales des entreprises du CAC 40, compare-t-il. Ou la conférence de presse organisée par Peugeot lors du mondial de l'auto. »

Retour à Bordeaux. La pochette est presque terminée. Reste la lumière, l'une des installations qui a coûté le plus cher pendant la campagne. Ce jour-là, elle a été facturée 133 000 euros par la société Match Event qui a travaillé sur les quarante-trois meetings. Les clichés pris ce soir-là permettent de comprendre comment cette somme ahurissante a pu être atteinte… « Ils ont éclairé tout le plafond ! » crie notre expert, qui a fait venir un de ses plus proches collaborateurs pour pouvoir confronter son point de vue. Les deux hommes se regardent, incrédules. Et expliquent : « Lors d'un meeting, quand on sait que l'enveloppe est serrée, nous n'éclairons que ce qu'on appelle le "carré d'or", c'est-à-dire la scène et jusqu'à dix mètres devant. Là, des lumières ont été disposées sur le plafond de tout le hall du parc des expositions de Bordeaux. » Sur la photo prise depuis le fond de la salle, le plafond ressemble à un ciel étoilé. « C'est totalement délirant, explique un autre expert, celui des tournées musicales. C'est vrai que, pour les photos et les images, la lumière est absolument parfaite. » D'après les factures de Match Event, un événement peut mobiliser jusqu'à huit semi-remorques, rien que pour le son et la lumière : l'équivalent d'un concert de Johnny. La société, qui a refusé de répondre à nos très nombreuses sollicitations, a touché un peu moins de 4 millions d'euros pour la totalité de la campagne.

Un rapide coup d'œil aux factures des autres meetings permet de confirmer que les dépenses effectuées pendant trois mois l'ont été en dépit du sens commun. Par exemple, on a recruté un personnel pléthorique. Là où les autres partis privilégient la participation d'employés militants, prêts à travailler sept jours sur sept pendant une campagne tout en n'étant rémunérés que trente-cinq heures, l'UMP a recruté des intermittents. Tous sont payés au cachet. Et très logiquement, toute heure supplémentaire est facturée. Ainsi, lors du grand raout de la Concorde, 60 000 euros ont été déboursés pour rémunérer quarante-deux personnes... (annexes 19 et 20). La liste, que nous nous sommes procurée, donne le tournis. Un régisseur général (3 500 euros 5 jours) a été recruté. Normal. Un adjoint du régisseur général (2 700 euros les 5 jours lui aussi) l'assiste. Là aussi, cette dépense se justifie. Mais, très vite, les choses se gâtent. Un régisseur général adjoint (7 jours, 5 000 euros) est présent. Pourquoi deux adjoints au lieu d'un ? Mystère. Surtout quand ce dernier est lui-même assisté... d'un « adjoint du régisseur général adjoint » (9 jours, 4 700 euros). Là, nos experts à qui nous montrons les factures sont gagnés par un fou rire nerveux qui met quelques minutes à se calmer. « Un adjoint du régisseur général adjoint ? » répètent-ils, incrédules. « Je n'ai jamais vu ça, s'exclame l'un d'entre eux. C'est un gag, c'est une blague. Il y a aussi un régisseur rien que pour les cars satellites... Une fois que les voitures des journalistes sont garées, il fait quoi ? » Le « régisseur pour les barrières » côtoie le « régisseur obélisque ». Cerise sur le gâteau : l'équipe de campagne a rémunéré pendant trois jours un « régisseur en spare ». C'est-à-dire un homme payé au cas où un autre employé viendrait à tomber malade... Comme si les quarante et une autres personnes présentes ne pouvaient pas suffire. « On prend parfois du matériel en spare, un ordinateur en spare, par exemple, commente un des experts. Mais des gens ? Des régisseurs ? C'est la première fois que je vois ça. »

Cette cascade de dépenses pourrait être détaillée pour chacun des quarante-trois meetings de la campagne. Les factures existent pour chacune de ces manifestations. Ainsi, quand on additionne, par exemple, les factures des prestataires extérieurs du meeting du 24 mars 2012 de Rueil-Malmaison, la somme totale est bien de 256 500 euros, et non 75 161 euros comme déclaré à la commission. Même si le maire de cette ville, Patrick Ollier, est « tombé du placard » en découvrant l'addition. « Il y avait beaucoup de gens debout, un seul écran à gauche de l'estrade, le site a été mis à disposition gracieusement... Personne ici ne peut comprendre comment ce chiffre a pu être atteint[1]. » Patrick Ollier n'a pas pu deviner que le système vidéo avait été loué ce jour-là près de 34 000 euros, et le son et la lumière 32 000 euros. Ni que la marge prise par la société Bygmalion s'élevait à 32 %, soit 69 674 euros.

La commission des comptes, un contrôle insuffisant

Une question demeure. Comment ces dépenses faramineuses ont-elles pu échapper à la Commission nationale des comptes de campagne ? Comment cette administration, chargée depuis 1990 de surveiller les dépenses électorales des candidats, a-t-elle pu être bernée de la sorte ? Contrairement à ce qu'a indiqué Nicolas Sarkozy lors de son intervention le 2 juillet 2014 sur Europe 1 et TF1, la commission ne dispose pas d'« enquêteurs », pas plus que le Conseil constitutionnel qui a rejeté *in fine* les comptes du candidat UMP pour cause de dépassement du plafond autorisé. Le fait que ces deux organes n'aient pas détecté de fraude ne prouve donc en aucune façon qu'elle n'a pas existé. En France, l'examen des comptes de campagne repose sur un système déclaratif : les rapporteurs examinent les pièces qu'on leur donne. Et toute l'affaire Bygmalion repose sur de fausses factures... évidemment jamais

1. Entretien avec l'auteur, 11 juillet 2014.

transmises. La commission ne peut pas faire de perquisitions, et ne peut pas mener d'enquêtes. « Notre travail consiste à regarder de très près toutes les pièces que l'on nous fournies[1] », explique François Logerot, président de la Commission nationale des comptes de campagne. L'ancien premier président de la Cour des comptes accepte de nous recevoir au cœur de l'été dans son grand bureau de la rue du Louvre à Paris. Il ne souhaite pas se prononcer sur l'enquête en cours, mais prend le temps de détailler le travail de sa commission. « Pour les grands candidats, ce sont les meilleurs limiers, les plus chevronnés qui examinent la totalité du compte », se défend-il. Quatre niveaux de vérification sont prévus : trois rapporteurs sont d'abord affectés sur chaque dossier. Ils en réfèrent à un chargé de mission, assisté du chef du service juridique. Les conclusions sont ensuite examinées par neuf magistrats...

Mais dans le cas particulier de la campagne de Nicolas Sarkozy, personne n'a jamais imaginé que les factures des prestataires puissent être aussi élevées. « Nous avons des gens ici qui suivent les meetings des candidats *via* les médias, ils vérifient ensuite si les montants demandés sont vraisemblables, se justifie François Logerot. Pour la campagne de Nicolas Sarkozy, nous avons exigé des précisions pour connaître la nature des prestations fournies par Event & Cie. Nous n'avions pas les factures détaillées. Mais il est très difficile d'avoir des prix de référence, car

1. Entretien avec l'auteur, 29 juillet 2014.

selon la sophistication, la mise ou non en concurrence, la négociation, les tarifs ne sont pas les mêmes. »

Il n'empêche. Selon les experts en événementiel que nous avons contactés, les rapporteurs de la commission auraient dû se douter que les factures présentées par Event & Cie ne tournaient pas rond. Ainsi, si l'on reprend notre exemple du meeting bordelais, la facture officielle (voir annexe 16) affiche des dépenses de sécurité de 90 euros. « Cela correspond à une heure de travail pour un salarié, explique un des experts. Une telle facture sur un meeting ne peut pas exister. » Autre prix annoncé qui aurait dû éveiller les soupçons de la commission : le prix du mobilier, annoncé à 8 990 euros. Avec 10 000 personnes présentes, à 2 ou 3 euros la chaise, le montant aurait dû s'élever à 30 000 euros minimum.

Mais, en 2012, la commission s'est penchée sur un autre problème : la confusion des genres entre le Sarkozy candidat, et le Sarkozy président. D'après les rapporteurs qui ont étudié les discours du président avant le 15 février, date officielle de l'annonce de sa candidature, Sarkozy était parti au combat bien plus tôt. Mais il avait fait payer une partie de ses déplacements par l'UMP, et ne les avait pas déclarés sur ses comptes. La commission a donc pris la décision de réintégrer certains de ces frais – comme ceux du conseil national qui avait précédé le meeting de Villepinte –, faisant exploser le plafond des 22,5 millions d'euros autorisés pour les deux finalistes. « Rétrospectivement, je ne dirais pas que nous sommes soulagés... » mais presque ? Le président Logerot ne finit pas phrase. « Dans tous les cas, je ne peux pas croire à un dépassement de 18 millions, je ne peux pas croire à un dépassement d'une telle ampleur. »

Me Philippe Blanchetier, avocat de Nicolas Sarkozy et spécialiste des litiges électoraux, ne peut se résoudre lui non plus à accréditer cette thèse. L'avocat trouvait déjà énormes les dépenses consacrées « officiellement » aux meetings (13,7 millions d'euros). Il n'a donc pas imaginé une seule seconde qu'elles étaient sous-facturées... Légalement, tout ce qui est consacré à la « captation des suffrages » doit être pris en charge par le candidat. Tout ce qui n'est pas directement consacré à convaincre les électeurs peut être payé par le parti politique du candidat. « Mon rôle est de prendre des décisions juridiques, de conseiller l'équipe de campagne sur ce qui doit être déclaré et ce qui peut être supporté par le parti, explique l'avocat. Par exemple, et je l'assume, j'ai considéré que le meeting de Villepinte pouvait être pris en charge pour moitié par l'UMP en raison du conseil national qui s'était tenu le matin. La commission n'a pas été de cet avis[1]. » En ce qui concerne les meetings, certains frais peuvent également être payés par le parti en toute légalité. Est-ce le cas de la vidéo dernier cri, du système d'éclairage digne d'une tournée de Johnny Halliday... des barrières Vauban recouvertes de moquette bleu roi ? « Les dépenses de sono ou d'éclairage, on ne peut

1. Entretien avec l'auteur, 21 juillet 2014.

pas les exclure des comptes de campagne », tranche Me Philippe Blanchetier, qui assure n'avoir jamais eu sous les yeux les « vraies » factures de la campagne. Mais il arrive que des dépenses soient exclues par la commission. Par exemple, en 2007, elle avait estimé que les frais de maquillage du candidat Sarkozy (35 000 euros) étaient excessifs, et en avait retranché le tiers pour les faire payer par l'UMP. Motif : cette dépense n'avait rien à voir avec la captation des suffrages.

François Logerot a bien conscience d'être aujourd'hui sous les feux des projecteurs. Oui, le système de contrôle de la commission est aujourd'hui remis en cause par cette affaire. Il évoque donc plusieurs pistes pour l'améliorer, sans jamais promouvoir la mise en place d'une procédure « inquisitoriale ». « Nous n'allons pas suivre les candidats comme des toutous pendant trois ou quatre mois, il faudrait des centaines d'enquêteurs sur le terrain en permanence. Notre budget oscille entre 3 et 5 millions d'euros par an, il n'est pas de 20 millions ! Nous ne sommes sponsorisés par personne. Et il faut laisser une certaine liberté aux candidats. » François Logerot préfère réclamer plus de transparence sur les comptes des partis politiques. « Nous devrions y avoir accès en même temps que nous contrôlons les comptes de campagne. » Dans l'affaire Bygmalion, les rapporteurs auraient ainsi découvert les factures des fausses conventions envoyées à l'UMP... Aujourd'hui, la commission n'a accès aux comptes des partis que l'année suivante, une fois que ceux-ci ont été certifiés. Et ils restent très opaques. Les dépenses, notamment, ne sont pas détaillées. Ainsi, en 2012, l'UMP a pu dépenser 33 millions d'euros pour « la propagande et la communication » sans qu'aucune explication ne soit demandée aux dirigeants du parti.

Autre idée de François Logerot : obliger les candidats pendant la campagne à déposer un calendrier de leurs activités chaque semaine. « Des inspecteurs itinérants, formés pour évaluer les coûts, pourraient ainsi aller sur place pour faire des estimations », suggère le président de la commission. Et pourquoi ne pas relever les seuils des plafonds autorisés ? C'est le seul point sur lequel les cadres de Bygmalion et les sarkozystes sont d'accord : une campagne à 22 millions est irréalisable. Tout le monde est obligé de tricher à plus ou moins grande échelle, affirment-ils. D'après un membre de l'équipe du candidat de l'UMP en 2012, le seuil autorisé ne correspond plus aujourd'hui à la réalité d'une campagne. Mais François Logerot est contre l'institutionnalisation de cette inflation… « Qu'est-ce qu'on veut ? De la politique spectacle, comme aux États-Unis ? C'est comme ça qu'on attire les électeurs ? Je ne le pense pas… » En 2012, Barack Obama a dépensé plus d'un milliard de dollars lors de sa seconde campagne.

9

Où sont passés les 3 millions de marge de Bygmalion ?

« *Follow the money.* »
Conseil donné par « Gorge profonde », la source des journalistes à l'origine du Watergate

« *Follow the money.* » La phrase est devenue un adage dans toutes les affaires politico-financières, depuis qu'elle est sortie de la bouche de la source des deux journalistes du *Washington Post* à l'origine du scandale du Watergate… « *Follow the money* », répétait le fameux « Gorge profonde » aux hommes du président, tout au long du film du même titre. L'affaire Bygmalion ne déroge pas à la régle. Le fin mot de l'histoire pourra être écrit quand la totalité du magot aura été localisée. Où sont passés les 3 millions d'euros de marge réalisée par Event & Cie pendant la campagne présidentielle de 2012 ? Dans quelles poches reposent-ils aujourd'hui ?

Une marge de 27 % en moyenne

Le pactole, les 3 millions d'euros, a été rassemblé tout au long de la campagne présidentielle, et correspond à la marge prise par Bygmalion. Par exemple, le 16 mars 2012, pour avoir organisé et piloté le meeting de Nicolas Sarkozy dans la ville de Meaux (Seine-et-Marne), la société Event & Cie, filiale de Bygmalion, touche 55 775 euros de marge, soit 28 % du coût total du meeting qui s'élève à quasiment 200 000 euros. À Rueil-Malmaison, le 24 mars 2012, Event & Cie va prélever 32 % de marge, soit 69 000 euros. Dernier exemple, le plus spectaculaire : lors du grand rassemblement de la Concorde, le 15 avril 2012, la société perçoit quasiment 40 % de la facture totale qui s'élève à 1,5 million d'euros, soit 617 000 euros. (Voir les annexes 19, 20 et 21.) Pendant toute la campagne présidentielle, les organisateurs des meetings ne baisseront jamais le taux de leurs marges en dessous de la barre des 20 %, et la moyenne se situe autour de 27 %. Ce taux est décidé par les responsables des meetings, et validé par les patrons de Bygmalion. Il prend en compte l'urgence dans laquelle l'événement est organisé, la spécificité des demandes, le nombre de personnes chargées de préparer la manifestation... et une grande partie relève de l'arbitraire. Au total, sur cette opération, la filiale de Bygmalion va donc toucher près de 3 millions de bénéfice net, après règlement des prestataires, des impôts, et des salaires. Une marge considérée comme indécente, non pas dans le milieu de l'événementiel privé où tout est permis tant que le client est consentant, mais dans le microcosme politique des campagnes électorales. « Avec les plafonds autorisés, nous devons négocier jusqu'à faire baisser tous les prix au maximum, explique l'un des organisateurs de la campagne de François Hollande. Jamais nous n'aurions accepté une entreprise avec de telles marges, c'est du suicide. Les nôtres pratiquaient plutôt des marges situées autour de 10 %. Et nous avons essayé de traiter un maximum en direct avec les prestataires quand c'était possible, et de les mettre en concurrence. 20 % c'est exceptionnel et c'est le grand maximum. » Au sein de la société Event & Cie, les cadres estiment que cette polémique relève de l'hypocrisie. « Dans ce milieu, 10 %, ça n'existe pas, assène l'un d'eux. Nous ne sommes pas des militants de l'UMP, pourquoi aurions-nous baissé nos marges pour la campagne ? Nous aurions pu être accusés de pratiquer de la sous-facturation... Et de faire un don déguisé à l'UMP. » Un autre cadre reconnaît, lui, avoir cherché à gagner un maximum d'argent sur ce marché. Dans l'imaginaire collectif, l'UMP, parti de droite, est censé être plein aux as. Et tant pis si une partie des fonds provient en fait des subventions de l'État... Les spécialistes de l'événementiel prétendent qu'ils ne le savaient pas. « Vu la galère dans laquelle on bossait, on n'allait pas leur faire de cadeaux », lâche même l'un des salariés.

« *Follow the money* », répètent les sarkozystes qui ne veulent pas croire, ou feignent de douter, que l'argent est resté dans la poche des prestataires et des dirigeants de Bygmalion et que la campagne de leur mentor a tout absorbé. « L'argent est évidemment ressorti pour aller dans d'autres poches », affirment-ils. La justice enquête actuellement sur tous les mouvements financiers au sein de la société Bygmalion entre 2008 et 2014. Les comptes en banque des dirigeants et salariés sont passés au peigne fin. Des commissions rogatoires peuvent également être adressées à des pays étrangers (Suisse, Luxembourg) si les juges soupçonnent l'existence de comptes à l'étranger. Mais pour que l'argent s'évade, il lui faut déjà une porte de sortie... Qu'est donc devenu le bénéfice d'Event & Cie ? Aucune réponse ne se trouve dans les comptes détaillés de la société, qui n'ont jamais été déposés au greffe du tribunal de commerce de Paris, au mépris du Code de commerce. Les dirigeants de Bygmalion ne risquaient pas grand-chose en masquant ainsi leur comptabilité : une amende de 1 500 euros, et le double en cas de récidive. Le risque en valait donc la chandelle. « Il n'y a aucune volonté de dissimulation de notre part, répète Guy Alves. Dans notre secteur personne ne dépose ses comptes. »

Pour tenter de remonter la piste des 3 millions d'euros gagnés par Event en 2012, nous avons donc interrogé plusieurs sources, internes et externes à l'entreprise, et vérifié leurs propos quand cela était possible.

900 000 euros pour deux salariés et actionnaires

Deux personnes ont touché de l'argent directement issu du marché de la campagne de Sarkozy. Franck Attal, le patron opérationnel d'Event & Cie, a touché 25 % du bénéfice net de cette somme en 2012, soit environ 750 000 euros. À quel titre ? Ancien employé d'Ideepole, l'ancêtre de Bygmalion, Franck Attal était présent dans la boîte depuis plus de dix ans quand Bastien Millot et Guy Alves sont arrivés. Ce spécialiste de l'événementiel de quarante-quatre ans a alors déjà travaillé sur de nombreux événements politiques, notamment avec le RPR. Les nouveaux patrons cherchent donc à le fidéliser, et propose de salarier celui n'avait jusqu'ici que des contrats commerciaux avec Ideepole. La paie tombe désormais chaque mois sur son compte en banque, mais le manque à gagner par rapport à son ancien statut est important. Les patrons lui proposent donc une participation de 25 % dans la filiale Event & Cie. D'où l'enveloppe de 750 000 euros fin 2012, correspondant à ses parts. Qu'a-t-il fait de cet argent ? Franck Attal ne nous a pas répondu en détail, refusant de voir s'étaler son patrimoine dans la presse. Un petit tour sur le registre du commerce nous apprend qu'une société civile, ENR Expansion, a été ouverte à son nom. Les documents de cette société montrent qu'une assemblée générale extraordinaire a été convoquée le 26 décembre 2012 pour une augmentation de capital. Ce jour-là 700 000 euros ont été déposés sur les comptes de cette société. Depuis, plus aucune opération n'a été effectuée… ou déclarée. « Il s'agit d'une société civile qui porte mes titres, explique simplement Franck Attal. C'est fiscalement plus intéressant. J'ai gagné l'argent auquel j'avais droit, c'est tout[1]. »

Qui d'autre a profité des 22 millions d'euros versés par l'UMP en 2012 ? Le directeur général adjoint de Bygmalion de l'époque, Sébastien Borivent, va en toucher une partie. L'ancien secrétaire général de France Télévisions Distribution, embauché chez Bygmalion par Bastien Millot, quitte l'entreprise fin 2012 avec une enveloppe de 125 000 euros. D'après ses proches, cette somme ne correspond pas au « prix du silence » comme l'écrit la presse au printemps 2014. Oui, Sébastien Borivent a suivi la campagne de Nicolas Sarkozy en tant que DGA de Bygmalion, il a été mis au courant des magouilles, du système de double comptabilité et des factures bidon pour masquer les dépassements des frais de campagne. S'il est convoqué par les enquêteurs dans le cadre de l'affaire judiciaire, il le dira. Mais il avait prévu de quitter cette structure bien avant avril 2012. Et les 125 000 euros correspondent aux parts qu'il détenait dans Event & Cie bien avant la campagne de Nicolas Sarkozy.

1. Entretien avec l'auteur, 17 juillet 2014.

Là aussi, il faut remonter quelques années en arrière pour comprendre l'intéressement de ce salarié d'une quarantaine d'années, que tous ses anciens collègues décrivent comme très compétent et fiable. Quand Sébastien Borivent arrive en 2009, la nouvelle entreprise de ses deux patrons est en plein développement. Ces derniers veulent notamment fonder trois structures d'édition et proposent à Sébastien Borivent de devenir directeur général de ces trois filiales, avec 5 % des actions de chacune d'entre elles. Finalement, les projets d'édition vont être abandonnés, et quand les patrons décident de restructurer le secteur qui s'occupe de l'événementiel, ils utilisent une des filiales déjà existantes, dont Sébastien Borivent possède 5 %. Les 125 000 euros qu'il va toucher à son départ représentent donc la vente de ses actions. Les documents internes à l'entreprise prouvent en partie cette version des faits. En décembre 2010, un procès-verbal établit le changement de statut de la nouvelle société Event & Cie. Pour mémoire, à cette date, Jean-François Copé vient de devenir secrétaire général de l'UMP et Bygmalion est sollicitée pour organiser une série de conventions thématiques pour le parti... L'objet social de la nouvelle entité créée est désormais la « conception, organisation et production d'événements » ainsi que « conseil et mise en place de campagnes événementielles ». Un peu moins de deux ans plus tard, le 14 septembre 2012, une assemblée générale est convoquée. D'après le PV officiel de cette réunion, Sébastien Borivent démissionne de son poste de directeur général. Il est remplacé à ce poste par Claudine Desplanques, ancienne directrice du journal *L'Aisne Nouvelle*, très proche de Xavier Bertrand. Bastien Millot, on l'a déjà constaté, recrute toujours des proches… ou des proches de ses connaissances.

Que sont devenus les millions d'euros restants ? D'après plusieurs sources concordantes, ils ont été réinjectés dans Bygmalion, la maison mère. Cet argent aurait servi à renflouer les caisses vides de l'entreprise, bien mal gérée (voir chapitre 2). En 2012, en effet, la société va mal malgré les contrats avec l'UMP qui s'accumulent. Au moins de juin, on estime même que le déficit fin 2012 pourrait s'élever à 1,6 million d'euros, voire 2 millions. D'après les comptes – officiels – de l'entreprise, la campagne de Nicolas Sarkozy a donc permis à la société de tenir une année supplémentaire. « Aucun dividende n'a jamais été versé à personne[1] », jure Guy Alves, dont l'engagement dans Bygmalion est porté par la Sarl AMM Participations. Il accepte de détailler son patrimoine, très restreint selon lui. Un appartement en location à Paris. Une maison en Normandie achetée 200 000 euros en 2005 et dont l'emprunt n'est pas encore totalement remboursé. Il n'a pas de comptes à l'étranger, pas de fortune personnelle, et, depuis juillet 2014, plus de revenus, de travail ni de chômage.

Les comptes de Bastien Millot, l'autre patron de Bygmalion qui a quitté l'entreprise à l'été 2013 pour

1. Entretien avec l'auteur, 23 juin 2014.

devenir avocat à Marseille, sont plus mystérieux. Sa holding personnelle, BM Consulting, affiche des chiffres d'affaires d'environ 600 000 euros en 2011 et de 440 000 euros en 2012.

L'ancien numéro trois de France Télévisions est également un grand propriétaire. Il possède une maison près de Toulon, à Sanary-sur-Mer. Et il a racheté une grande propriété en Picardie, le Moulin de Senercy, avec piscine et court de tennis sur un terrain de plusieurs hectares. Bastien Millot nous confirme que la valeur de ces deux biens achetés tous les deux à crédit sur quinze et vingt-cinq ans s'élève à 500 000 euros pour la maison dans le Sud de la France, et 650 000 euros pour le moulin picard qui appartenait à son arrière-arrière-grand-père, meunier. Avant que le scandale Bygmalion n'explose, Bastien Millot avait des projets, comme celui de transformer le Moulin de Senercy en maison d'hôte… Mais où est donc passé l'argent de BM Consulting ? Provenait-il de la campagne de 2012 ? La réponse de Bastien Millot est claire : « Je n'ai tiré aucun bénéfice de la campagne de Sarkozy, aucun enrichissement personnel. Aucun dividende ne m'a été versé. Seuls les collaborateurs d'Event & Cie, actionnaires en tant que personnes physiques, en ont perçu. Tout a été réinvesti dans Bygmalion. » D'après nos informations, l'éventualité de rédiger un contrat d'« apporteur d'affaires », pour permettre aux patrons de Bygmalion de toucher une somme sur ce contrat mirifique, avait été étudiée en interne. Bastien Millot ne nie pas. Mais déclare simplement : « Je n'en ai jamais eu durant toute la période où j'ai dirigé Bygmalion. » Les juges devraient avoir quelques difficultés à faire parler Bastien Millot. Dans le dossier France Télévisions, où il est mis en examen, l'homme de communication botte en touche, plaidant les trous de mémoire. Les finances, les chiffres, l'argent ? Ce n'est pas son truc, explique-t-il en substance... Pour obtenir des réponses précises, le juge d'instruction Renaud Van Ruymbeke – chargé de l'affaire France Télévisions avant d'être codésigné dans le dossier Bygmalion – a par exemple été obligé de décrocher son téléphone pour joindre Guy Alves : « Pardon de vous déranger, votre associé à beaucoup d'absences, il ne sait plus qui sont ses actionnaires... »

Un dernier acteur de la société Bygmalion va intéresser les enquêteurs en charge du dossier : Emmanuel Limido, actionnaire à 40 puis à 45 % de la boîte de communication. L'ancien employeur de Guy Alves au sein de Centuria Capital, groupe international de conseil en investissements, a investi 1,5 million d'euros lors de la création de Bygmalion. Comme les autres cadres de l'entreprise, ce dernier assure n'avoir jamais touché le moindre dividende. N'ayant accès qu'aux comptes de Bygmalion, et non d'Event & Cie, il assure qu'il n'a jamais pu se douter non plus de l'existence de la fraude... « Je n'avais pas les comptes consolidés, explique-t-il. Il y a même eu un contrôle fiscal en 2013, sans aucun redressement. Cela prouve que le cash n'est pas parti ailleurs et qu'il n'y avait pas d'anomalie de grande ampleur. »

Le profil de cet homme d'affaires de cinquante-cinq ans, présenté dans de nombreux articles comme un proche de Jean-François Copé, intrigue forcément. Ancien banquier d'affaires, il a créé le groupe Centuria en 2002 avec Nicole Bouton, la femme de Daniel, l'ancien directeur de la Société Générale. Il en est aujourd'hui le seul patron. Domicilié à Dubaï, à proximité de ses nombreux clients dans les Émirats arabes unis et dans les pays du Golfe, Emmanuel Limido est également spécialisé dans le conseil pour les investissements avec les marchés chinois. Quant à sa holding personnelle, PLP, elle est installée au Luxembourg.

Emmanuel Limido a-t-il recruté Guy Alves en 2006 pour s'attirer les bonnes grâces du ministère du budget alors dirigé par Jean-François Copé ? Comme le détaillait *Le Point* en février 2014, Centuria a joué un rôle important en 2007 lors de la vente de certains biens de l'État supervisée par Bercy. Cette année-là, le groupe d'investissement conseille la Qatar Islamic Bank lors de la vente du centre de conférences internationales Kléber à Paris, pour plus de 400 millions d'euros. Une transaction qui a rapporté à Emmanuel Limido une commission dont le montant reste secret… Mais l'homme d'affaires dénonce une fable, une histoire rocambolesque racontée d'une manière qui pouvait la rendre vraisemblable. Il n'a pas attendu Alves pour travailler avec les investisseurs qataris. L'opération du centre Kléber est loin d'être la plus importante réalisée par ses soins avec ces clients fidèles. Le plus beau de ces projets avec ce petit et richissime pays du Golfe est pour lui la vente en 2007 à un consortium d'investisseurs et de banques qataries du plus haut gratte-ciel de Londres, The Shard, immeuble en verre dessiné par l'architecte Renzo Piano au sud de la Tamise. Un immeuble estimé à presque deux milliards d'euros. En France, Limido a également participé à la vente du Royal Monceau. En Allemagne, Centuria a conseillé le Qatar pour la vente du siège de Deutsche Telekom à Cologne. « Alves n'avait pas baigné dans la politique chez Jean-François Copé, il était chef de cabinet, conclut Limido. En gros il gérait l'agenda du ministre. Mais il avait toutes les qualités pour devenir un bon entrepreneur. Il a été recruté chez nous avant que les partenariats publics-privés soient honnis, nous voulions développer les transactions dans ce cadre-là, nous avions besoin de quelqu'un qui connaisse un peu l'administration. Guy n'était pas un fonctionnaire mais avait cette connaissance. » Quels sont les liens de l'homme d'affaires avec Jean-François Copé ? Aucun. Il l'a croisé à quelques reprises, point. Limido est en revanche en relation d'affaires avec Jean-Fabrice Copé, le frère de l'ancien président de l'UMP, il ne le nie pas. Il a investi 200 000 euros dans sa structure, un fonds d'investissement spécialisé dans les sociétés françaises et européennes de prestige, appelées à se développer sur le marché international. « Ce projet m'intéresse car il concerne deux de mes secteurs, les PME et la Chine. Avec Jean-Fabrice, on parle le même langage, j'ai décidé de le soutenir, et je lui maintiens aujourd'hui tout mon respect. »

L'hypothèse « Génération France »

Si l'argent n'a pas filé vers le Luxembourg ou le Qatar… il est donc peut-être resté en France. Une hypothèse est étudiée par les enquêteurs : celle du micro-parti politique de Jean-François Copé, Génération France. Créée en 2006, cette association, destinée à récolter de l'argent pour le président de l'UMP et développer ses idées, a fait l'objet d'une perquisition en même temps que la société Bygmalion et l'UMP. Les comptes de ce club de réflexion peuvent-ils dissimuler le fameux trésor de guerre de Jean-François Copé évoqué tout au long du printemps 2014 ? « Nous sommes plus un panier percé qu'une boîte à cash, rigole l'un des responsables de cette structure, un proche de Jean-François Copé et qui tient à rester anonyme. Nous devons encore rembourser de l'argent pour la campagne de Jean-François Copé à la présidence de l'UMP qui nous a coûté entre 600 000 et 700 000 euros. La comptabilité interne le montre, nous n'avons rien à cacher. » Les dons reçus de la part des particuliers sont pourtant conséquents : 400 000 euros en 2010, 284 000 euros en 2011, et environ 200 000 euros en 2012. Ensuite, le chef ayant gagné, Génération France a été mise en sommeil. Lors de la perquisition à l'UMP de mai 2014, les enquêteurs ont fait venir les responsables de ce micro-parti rue de Vaugirard pour pouvoir saisir leur comptabilité, Génération France n'ayant ni siège ni permanence. « Pendant quatre heures, les policiers ont tout regardé, facture par facture, raconte l'une des personnes présentes. Ils se sont vite rendu compte qu'il n'y avait rien à trouver… Ils avaient les factures, la liste des donateurs, les talons des chéquiers… les doubles des reçus fiscaux. » « C'est tout ce que vous avez ? ont lancé les enquêteurs avant de partir avec à peine quinze documents prélevés dans les vingt classeurs disponibles. On est déçus. » Sauf gros rebondissement judiciaire, Génération France devrait reprendre vie dans les mois à venir, afin de préparer le retour de Jean-François Copé sur la scène politique.

10

Les autres affaires Bygmalion

Dans la famille Bygmalion, je demande… France Télévisions. C'est le tout premier épisode de ce scandale à tiroirs, qui a éclaté bien avant celui des fausses factures de l'UMP. L'enquête judiciaire menée dans cette affaire a été la première à lever le voile sur les pratiques contestables de la boîte de communication bien avant qu'elles n'éclatent au grand jour. Elle vise Bastien Millot, et les contrats que ce dernier a conclus avec son ancienne entreprise, France Télévisions. Mais elle montre aussi comment ces hommes de cabinet et des ministères proches de l'UMP ont su se reconvertir dans le privé tout en conservant des liens incestueux avec le pouvoir. Dans le grand livre de comptes de la société Bygmalion, France Télévisions n'est d'ailleurs pas le seul client qui intrigue la justice. Les liens avec deux mairies de droite, l'une en région parisienne – Saint-Maur-des-Fossés – et l'autre dans le sud de la France – Menton – font également l'objet d'une enquête.

L'affaire France Télévisions

« Donc en fait il part, mais il ne part pas ? » À l'en croire, c'est la question qu'aurait posée Camille Pascal, ex-secrétaire général de France Télévisions, au sujet de Bastien Millot début 2009. À cette date, Millot vient de prendre un congé sabbatique de France Télévisions pour créer Bygmalion. Camille Pascal, qui est également l'ancienne plume de Nicolas Sarkozy et son proche conseiller, voit passer les contrats de communication signés entre Millot et son ancienne entreprise qui sont aujourd'hui au cœur d'une enquête judiciaire… Au juge Renaud Van Ruymbeke, qui le met en examen pour favoritisme, Camille Pascal assure qu'il n'était pas l'initiateur ni le décideur de ces contrats. Alors qui ? Il dit avoir obéi aux ordres de Patrick de Carolis, l'ancien patron du groupe, retransmis par Damien Cuer, le directeur général du groupe d'audiovisuel public (lui aussi passé par le cabinet de Jean-François Copé… décidément). « Donc il part mais en fait il ne part pas ? » aurait ainsi demandé Camille Pascal à Damien Cuer. Réponse du DG : « C'est exactement ça[1]. » Partir d'une entreprise, tout en veillant à

1. Raphaël Garrigos et Isabelle Roberts, « Bygmalion : Carolis déraciné », *Libération*, 7 juin 2014.

continuer à travailler pour elle *via* des contrats signés sans appels d'offres… En termes judiciaires, ce petit arrangement, bien pratique, est assez mal vu, voire répréhensible.

Les contrats signés entre Bygmalion et France Télévisions sur la période 2008-2013 sont donc au cœur de l'information judiciaire ouverte en juin 2013 pour favoritisme et prise illégale d'intérêt. Cette enquête a été ouverte suite à une plainte avec constitution de partie civile déposée par le syndicat CGC de France Télévisions en janvier 2013. Le contexte dans lequel ces contrats ont été signés intrigue les enquêteurs. Directeur délégué chargé de la stratégie au sein de France Télévisions depuis 2005, Bastien Millot obtient en 2008 un congé sabbatique d'un an. Il quitte l'entreprise pour créer Bygmalion avec Guy Alves. Mais, juste avant de partir, Bastien Millot assure ses arrières. Il signe avec le groupe, donc plus ou moins avec lui-même, plusieurs contrats pour une somme de 120 000 euros. Par la suite, les relations entre Bygmalion et France Télévisions s'étofferont un peu plus. Ainsi, en 2009, l'entreprise touche 430 000 euros du groupe audiovisuel public. Entre 2008 et 2012, ces marchés rapporteront 1,2 million d'euros à la société de Millot et d'Alves. La nature des prestations ? Une myriade de petites missions, au contenu parfois étonnant. Veille internet, conseil stratégique, rédaction des vœux du président aux salariés, rédaction de mails aux téléspectateurs, accompagnement du comité diversité, conseil stratégique sur la communication sensible… Le juge Van Ruymbeke ne remet pas en cause la réalité de ces contrats – les prestations semblent avoir été réelles. Mais à chaque fois, ces contrats ont été signés sans appel d'offres, un processus qui n'est obligatoire que lorsque les montants excèdent les 200 000 euros. Aucune mise en concurrence, procédure plus informelle mais habituelle pour les contrats inférieurs à cette somme, n'a même été organisée. En 2010, France Télévisions change de patron. Rémy Pflimlin remplace Patrick de Carolis. Millot est rayé de l'organigramme, ses droits en termes de mise en disponibilité de l'entreprise sont écoulés. Pflimlin prolonge deux contrats avec Bygmalion : jusqu'en 2012, l'entreprise de Millot continue de veiller sur la « e-reputation » de France Télévisions, et répond aux courriers des téléspectateurs jusqu'en 2013. Les deux entreprises qui ont respectivement pris la suite de Bygmalion sur ces deux contrats ont été choisies après des processus de mises en concurrence. Mais ce ne sont pas les seuls contrats signés sous la présidence de Pflimlin, d'ailleurs placé sous le statut de témoin assisté (statut intermédiaire entre mis en examen et simple témoin) dans l'enquête. En octobre 2010, la société personnelle de Bastien Millot, BM Consulting, signe également un contrat avec France Télévisions. Montant : 180 000 euros. Motifs : lobbying et conseil stratégique.

Tous les contrats ont-ils été saucissonnés pour échapper au Code des marchés publics ? Bastien Millot pouvait-il les signer alors que, jusqu'en 2010, il faisait toujours légalement partie des effectifs de France Télévisions ? Une discussion juridique est actuellement en cours pour déterminer si France Télévisions avait l'obligation de respecter le Code des marchés publics. Cette longue bataille procédurière se terminera probablement dans plusieurs mois devant la Cour de cassation. « Il existe des centaines de contrats qui ont été passés dans les mêmes conditions que les nôtres avec France Télévisions, se défend Bastien Millot, mis en examen pour recel de favoritisme et qui nie tous les faits qui lui sont reprochés... Si Bygmalion est poursuivi, un nombre très important de contrats risquent donc aussi d'être remis en cause. »

Le 3 avril 2014, Patrick de Carolis a également été mis en examen pour favoritisme après avoir signé ces contrats litigieux. À l'heure où ce livre est imprimé, l'issue de ces débats juridiques n'est pas encore connue. Mais ce n'est pas sa seule casserole. Comme l'a révélé *Le Point*, l'ancien patron de France Télévisions a été payé par Bygmalion pour différentes missions... En 2011 et 2012, après son départ de France Télévisions, Patrick de Carolis a touché 120 000 euros de la boîte de communication. Un cadeau pour avoir attribué des contrats à la société sans chercher à la mettre en concurrence ? Patrick de Carolis s'en défend. Par la voix de ses avocats, ce dernier fait savoir à la presse que cet argent correspondait à la rétribution de deux missions de conseil : l'une (47 800 euros en 2011) effectuée auprès du musée Bonnard du Cannet. Le Cannet, ville dont Michèle Tabarot, la plus fidèle des copéistes, est maire... Le second contrat (71 700 euros en 2012) a été signé en rétribution des bons et loyaux services de Patrick de Carolis après qu'il a aidé à la création d'une chaîne de télévision picarde.

Ces prestations sont-elles fictives ? En juin 2011, Patrick de Carolis est là le jour de l'inauguration du musée Bonnard. Il apparaît sur les photos. Mais qu'a-t-il fait de plus ? D'après Bastien Millot, Patrick de Carolis s'est rendu sur place à plusieurs reprises, s'est entretenu avec l'équipe du musée, et a supervisé toute la partie éditoriale. Concernant le second contrat, Bygmalion s'était associé avec *La Voix du Nord*... et le président de la filiale télé du quotidien régional, Jean-Michel Lobry, réfute la participation de Patrick de Carolis. Dans *Le Nouvel Observateur*[1], Lobry explique que de Carolis les a « mis en contact avec Bastien Millot, fin 2011. Il [leur] a dit qu'il voulait [leur] présenter un Picard qui avait comme [eux] un projet de télévision locale ». Et Jean-Michel Lobry d'ajouter : « La grille, c'est moi qui l'ai créée. » Plus de 70 000 euros pour un rendez-vous, c'est un peu cher payé. Millot le conteste : « Patrick de Carolis a participé aux réunions que nous avons eues à Paris et à Lille ; il a rédigé des projets d'émission dans leur intégralité ; il nous a apporté une expertise éditoriale... J'ai gardé tous les écrits. »

1. Vincent Monnier, « Bygmalion : Patrick de Carolis dans l'œil du cyclone », *Le Nouvel Observateur*, 5 juin 2014.

À Menton, un rapport à 14 700 euros

Alors que le scandale des fausses factures de la campagne de Nicolas Sarkozy éclatait, la mairie de Menton s'est retrouvée elle aussi au cœur du dossier Bygmalion… Quelques jours après les perquisitions au siège de l'UMP, elle a à son tour reçu la visite des enquêteurs. La police judiciaire de Nice cherche à savoir si le maire UMP de la ville, Jean-Claude Guibal, n'a pas cherché à échapper aux Code des marchés publics en attribuant deux contrats à Bygmalion et à la société de communication de Guillaume Peltier (fondateur de La Droite forte, dont la société a elle aussi fait l'objet d'une perquisition) pour moins de 15 000 euros chacun. Au-delà de cette somme, un appel d'offres est nécessaire…

Les faits se déroulent en juin 2012. « Je suis alors appelé par le directeur général des services de Menton, que j'avais croisé une fois, raconte Guy Alves. Le maire voulait faire un audit sur la communication de la mairie, très rapidement. Ils voulaient le résultat pour septembre[1]. » Bygmalion envoie un devis et réalise des études et auditions pendant l'été. Un rapport d'environ cent cinquante pages est rendu à la rentrée. Au mois d'octobre, il vient détailler son audit devant le conseil municipal.

Deux points attirent les soupçons de l'opposition, et plus particulièrement de Pascale Gérard (PS),

---

1. Entretien avec l'auteur le 21 juillet 2014.

opposante à la mairie de Menton, vice-présidente du conseil régional Provence-Alpes-Côte d'Azur et membre de l'association de lutte anticorruption, Anticor, et de Renaud Marson, délégué de l'association dans les Alpes-Maritimes. Le montant du marché : 14 700 euros. Par ailleurs, lors de l'exposé de leur audit, les salariés de Bygmalion citent un sondage réalisé par une autre entreprise, elle aussi très proche de l'UMP : Com1+, société de Guillaume Peltier. Justement, Menton a signé un contrat avec Com1+ pour un montant lui aussi tout juste inférieur à 15 000 euros... Ces deux contrats correspondent-ils en fait à un seul et même marché ? Le maire a-t-il voulu le couper en deux pour échapper à un appel d'offres et favoriser des sociétés proches de son parti et de son président ? Sachant que Guillaume Peltier a loué quelques mois des bureaux dans les locaux de Bygmalion... Pour Pascale Gérard, la réponse est évidente. Dans sa plainte, que nous avons pu consulter, l'élue juge que la présentation de l'audit par Guy Alves a été extrêmement « lacunaire », et que cette « présentation n'a eu pour seul effet que de démontrer que les deux missions susvisées n'en constituaient qu'une seule, au contenu de surcroît quasi inexistant. En effet, eu égard à la qualité médiocre de l'exposé et à défaut de documents publiés, ou du moins consultables, comportant le résultat de l'audit et de l'évaluation des politiques publiques de Menton, il y a toutes les raisons de considérer que ces contrats n'avaient pas d'objet suffisamment réel et sérieux pour engager les deniers publics », ajoute-t-elle.

À la mairie de Menton, on nous explique que ces deux contrats relevaient bien de marchés distincts. Et que l'édile est serein.

La plainte pour favoritisme et prise illégale d'intérêt déposée en décembre 2012 par Pascale Gérard et Renaud Marson continue d'être instruite aujourd'hui.

Soupçons de prestations fictives à Saint-Maur-des-Fossés

Favoritisme. Détournement de fonds publics. Prises illégales d'intérêt. Faux et usage de faux. L'enquête ouverte depuis avril 2013 au parquet de Créteil sur les contrats passés entre la mairie de Saint-Maur-des-Fossés (Val-de-Marne) et Bygmalion promet d'être dense... Elle vise un vaste marché de communication passée par l'ancien maire de la ville, Henri Plagnol (divers droite, battu en 2014), avec la filiale de Bygmalion, Ideepole. D'après les opposants de l'ancien maire, à l'origine de la plainte, ce contrat a donné lieu à de nombreux abus, voire à des prestations fictives (frais supplémentaires pour des prestations soi-disant réalisées en urgence, missions facturées deux fois, commandes jamais livrées...) La somme de 300 000 euros ne correspondant à aucun travail tangible a d'abord circulé... « C'est n'importe quoi, réagit Guy Alves. Le contrat, qui avait été signé avant que nous ne reprenions Bygmalion, portait sur de la création visuelle, de la conception de documents, des journaux municipaux, et, à la demande du maire ou des élus, des affiches, des flyers et des guides pour des événements ponctuels. Nous avons fait notre boulot. Chaque année, ce marché était limité à 120 000 euros… et on me dit que 300 000 euros ont été payés pour rien ? C'est n'importe quoi. » D'ailleurs, l'actuel maire de Saint-Maur, Sylvain Berrios – qui n'a pas souhaité répondre à nos sollicitations –, aurait envoyé au patron de Bygmalion une lettre avant l'été. Dans ce courrier, il évoque une somme litigieuse revue à la baisse : elle ne s'élève plus selon lui qu'à 12 000 euros. Dans le *Parisien*[1], Henri Plagnol rejette lui aussi en bloc ces soupçons de surfacturation : « On peut toujours optimiser la gestion mais de là à prétendre qu'il y a eu de fausses factures… C'est un faux procès. » Et d'évaluer de « 10 000 à 25 000 euros » les dépenses ne correspondant à aucune publication.

1. *Le Parisien*, le 28 mai 2014.

CONCLUSION

UMP, un parti à vendre ?

Combien vaut l'UMP aujourd'hui ? Douze ans après sa création, le premier parti de droite affiche un déficit quasi record de près 75 millions d'euros d'après l'audit réalisé en juillet 2014 suite à la révélation du scandale Bygmalion. Il est maintenu en vie, quasi artificiellement, grâce aux subventions publiques (18 millions d'euros) et les dons des personnes physiques (17 millions d'euros en 2013, dont 11 millions ont servi à payer la campagne de Sarkozy) Mais l'affaire Bygmalion pourrait bien tarir cette manne financière. Depuis l'explosion du scandale, des dizaines de militants aimeraient savoir où sont passés leurs cotisations et leurs dons. Leurs doléances s'entassent sur les bureaux des magistrats parisiens du pôle financier en charge de l'enquête judiciaire. Si la procédure de la class-action, qui permet aux États-Unis à des consommateurs ou des citoyens mécontents de poursuivre une entreprise ou une institution, existait en France, l'UMP risquerait d'être coulée avant même d'avoir sorti la tête de l'eau.

Le parti va-t-il survivre ? L'une des principales tâches du futur président du parti sera d'assainir les finances. En annonçant sa candidature à la tête du parti, Nicolas Sarkozy s'est d'ailleurs fixé cet objectif. Dans une interview au *JDD* au lendemain de l'annonce de sa candidature, il affirme vouloir « changer le nom du parti, mettre en place une nouvelle organisation, installer une relève et faire revenir adhérents et donateurs pour redresser les comptes[1]. » Parti en campagne très tôt, Bruno Lemaire a promis tout au long de ses meetings et réunions politiques que lui, président, des comptes seraient rendus aux militants. Le prochain patron du parti devra tenter d'éponger la dette. Mais aussi réduire le nombre de salariés, qui ne s'élève déjà plus qu'à une centaine de personnes. Un coup de ménage dans les dépenses des cadres du parti paraît également indispensable. Impossible d'être de nouveau crédible sans faire cesser les abus dévoilés lors de l'audit financier : les 10 000 euros annuels de factures de téléphone portable de Rachida Dati, les salaires de 15 000 euros des collaborateurs, les trajets en hélicoptère de François Fillon à plus de 30 000 euros. Luc Chatel, secrétaire général de l'UMP,

1. Bruno Jeudy, « Si je réussis, ils ne pourront plus me rattraper », *JDD*, 21 septembre 2014.

a d'ailleurs commencé à faire le ménage. Cet ancien DRH de L'Oréal veut renégocier tous les contrats avec des prestataires extérieurs, ne pas remplacer les départs des salariés…

Les candidats officiellement déclarés ou pressentis pour les primaires en vue de la présidentielle de 2017, Alain Juppé, Xavier Bertrand, François Fillon, devront également se plier à la nouvelle gestion du parti. Parmi eux, c'est Alain Juppé qui bénéficie de la meilleure image. Le candidat est comme entouré d'une aura de rigueur, loin du bling-bling décomplexé. Sa condamnation en 2004 à un an d'inéligibilité dans l'affaire des emplois fictifs de la ville de Paris semble n'avoir jamais existé… magie de la politique.

Pour certains élus de droite, l'image de l'UMP restera à jamais entachée par l'affaire Bygmalion. La seule solution est de se saborder. L'UMP est morte, vive la droite ! Parmi ceux qui prônent cette solution radicale, Nathalie Kosciusko-Morizet, soutien affiché de Nicolas Sarkozy. « Je suis pour une refondation profonde du parti, avec un changement de nom, et un changement de siège également. Il est aujourd'hui l'incarnation d'une grosse machine administrative[1] », nous confie l'élue parisienne. D'après elle, le majestueux et flambant neuf immeuble de la rue de Vaugirard, d'une valeur de 40 millions d'euros après travaux, est un symbole de la mauvaise gestion du parti et de sa folie des grandeurs. Mais Nicolas Sarkozy est contre sa

1. Entretien avec l'auteur, 29 août 2014.

remise en vente immédiate en raison de la crise immobilière. Autre idée avancée par cette fidèle sarkozyste : « La décentralisation financière, pour que la gestion laisse plus de place aux fédérations. Il faut également une chaîne de responsabilité claire, des audits réguliers et publiés. » Plus de transparence en somme…

Nicolas Sarkozy, s'il est élu président de l'UMP, ne bénéficiera d'aucune immunité. Il devra également se débattre avec les dossiers judiciaires. Dans l'affaire Bygmalion, notre enquête montre que la majorité des 18 millions d'euros litigieux ont été engloutis dans sa campagne. Les juges cherchent aujourd'hui à savoir si une partie de cet argent n'a pas continué à circuler, en souterrain, *via* notamment certains prestataires de la campagne pour rejoindre d'autres poches, d'autres campagnes passées ou à venir. Dans cette affaire, Nicolas Sarkozy et Jean-François Copé risquent de ne pas échapper à une convocation chez les trois juges d'instruction en charge du dossier. Les trois magistrats financiers sont des spécialistes des circuits financiers occultes des partis politiques et ont déjà instruit des dossiers concernant Nicolas Sarkozy ou son entourage. Le juge Serge Tournaire enquête déjà sur le financement présumé de la campagne 2007 – de Nicolas Sarkozy – par la Libye du colonel Kadhafi. C'est dans le cadre de ce dossier qu'il a placé sur écoute l'ancien chef de l'État pendant plusieurs mois. Il est également saisi de l'affaire des sondages de l'Élysée, dans laquelle il soupçonne la présidence – du temps de Nicolas Sarkozy – d'avoir favorisé des instituts de conseil amis dont celui de son conseiller Patrick Buisson et de les avoir rémunérés à millions sur les deniers publics sans appels d'offres. Serge Tournaire est également celui qui a placé Bernard Tapie en examen et tente de démêler l'écheveau de l'arbitrage litigieux décidé... sous la présidence de l'UMP. Roger Le Loire, le deuxième juge saisi du dossier Bygmalion, a enquêté sur l'affaire Karachi, et le financement de la campagne d'Édouard Balladur en 1995. Une autre campagne litigieuse de la droite... Renaud Van Ruymbeke est le dernier magistrat saisi. C'est lui qui a instruit le deuxième dossier Clearstream, dans lequel Nicolas Sarkozy a un temps été soupçonné de détenir des avoirs à l'étranger avant que les listings ne se révèlent être des faux.

Que risquent Nicolas Sarkozy et Jean-François Copé ? Dans le Code pénal français, il n'existe pas de responsabilité de plein droit. Avoir dirigé une campagne émaillée de fraudes, même si celles-ci sont les plus importantes jamais découvertes sous la Ve République, ne rend pas automatiquement responsable pénalement. Avoir été le président d'un parti qui a organisé et rendu possible cette même fraude non plus. Il faut que les magistrats prouvent que le candidat et le président de l'UMP ont orchestré cette fraude, ou qu'ils en ont au moins eu connaissance. Reste que Nicolas Sarkozy a signé ses comptes de campagne, il les a donc validés et a reconnu leur authenticité. *Idem* pour Jean-François Copé et les comptes du parti qu'il dirigeait.

Les trois juges devront donc répondre notamment à une question : qui savait quoi précisément ? D'ici fin décembre, tous les protagonistes de l'affaire, aussi bien les salariés que les élus de l'UMP, et les employés de la société Bygmalion, devraient avoir été convoqués et certains mis en examen.

Chronologie de l'affaire Bygmalion

2008

Création de la société Bygmalion par Guy Alves, ancien chef de cabinet de Jean-François Copé, et Bastien Millot, son ancien directeur de cabinet.

2010

Novembre : Jean-François Copé devient secrétaire général de l'UMP à la place de Xavier Bertrand.

Décembre : création de la filiale de Bygmalion « Event & Cie » qui coordonnera l'organisation des meetings de campagne de Nicolas Sarkozy. Son objet social est la « conception, organisation et production d'événements ».

2012

15 février : Nicolas Sarkozy se déclare candidat à sa succession à la présidence de la République.

Avril : une réunion est organisée au siège de l'UMP en pleine campagne. D'après plusieurs témoignages, les frais des meetings risquent déjà de dépasser le plafond autorisé. Certains responsables du parti demandent alors à la société Bygmalion de ventiler les frais sur d'autres événements, parfois fictifs, pour masquer les dépenses réelles et faramineuses du candidat Sarkozy. Plus de 18 millions d'euros auraient ainsi été dissimulés aux comptes de campagne.

Novembre : Jean-François Copé est proclamé président de l'UMP au terme d'une élection très contestée.

Décembre : la Commission nationale des comptes de campagne et des financements politiques (CNCCFP) rejette les comptes du candidat Nicolas Sarkozy, estimant qu'1,5 million d'euros supplémentaires auraient dû être déclarés. Le seuil autorisé, 22,5 millions d'euros, est donc dépassé. Le Conseil constitutionnel confirme cette décision le 4 juillet 2013. Aucun argent public ne sera donc versé au candidat pour sa campagne. Un « sarkothon » est organisé pour rassembler les 11 millions d'euros nécessaires.

2013

Été : Bastien Millot quitte la présidence de Bygmalion pour devenir avocat à Marseille.

2014

Février : *Le Point* publie une enquête sur le « système Jean-François Copé » et les rapports troubles entre la société Bygmalion et l'UMP. D'après le magazine, la société Event & Cie aurait empoché 8 millions d'euros pendant la campagne 2012 pour organiser les meetings. Ces événements auraient été surfacturés et l'argent destiné à alimenter un système occulte en faveur de Jean-François Copé.

5 mars : le parquet de Paris ouvre une enquête préliminaire qui vise implicitement la société Bygmalion pour « faux », « abus de biens sociaux » et « abus de confiance ».

15 mai : *Libération* publie « Les folles factures de l'UMP ». Le quotidien s'est procuré les factures d'une cinquantaine de conventions bidon. La somme réglée par l'UMP pour ces événements fictifs s'élève à près de 13 millions d'euros.

26 mai : à 17 heures, l'avocat de la société Bygmalion, Patrick Maisonneuve, organise une conférence de presse. Il explique que ses clients ont rédigé des fausses factures pour un montant d'environ 11 millions d'euros à la demande de l'UMP, afin de masquer les frais de campagne de Nicolas Sarkozy. Le soir même, en larmes, Jérôme Lavrilleux avoue, sur BFM-TV, avoir participé à cette escroquerie. La campagne, dit-il, s'est emballée et personne n'a eu le courage de tirer la sonnette d'alarme. Dans la soirée, des perquisitions sont menées dans les locaux de Bygmalion et à l'UMP.

27 mai : la démission de Jean-François Copé est actée lors d'un bureau politique de l'UMP. Celle-ci prend effet le 15 juin. Il est remplacé à la tête du parti par un triumvirat composé d'Alain Juppé, Jean-Pierre Raffarin et François Fillon.

17 juin : Jérôme Lavrilleux est entendu sous le régime de la garde à vue par les enquêteurs de l'Office central de lutte contre la corruption à Nanterre.

27 juin : ouverture d'une information judiciaire pour « faux et usage de faux », « abus de confiance » et « tentative d'escroquerie ». Trois juges d'instruction du pôle financier de Paris sont saisis de cette enquête : Serge Tournaire, Roger Le Loire et Renaud Van Ruymbeke.

17 juillet : la société Bygmalion est placée en liquidation judiciaire par le tribunal de commerce de Paris.

19 septembre : Nicolas Sarkozy annonce sa candidature à la présidence de l'UMP pour l'élection du 29 novembre.

Remerciements

Merci à Jonathan Bouchet-Petersen et Fabrice Tassel de m'avoir écoutée, épaulée et orientée, au commencement de mes recherches puis tout au long de cette enquête, merci pour leur soutien tout autant amical que professionnel.

Merci aux « deux » Laure, Bretton et Equy pour leur aide.

Merci à Alain Auffray pour ses bonnes et précieuses recommandations.

Merci à *Libération*, pour la confiance et la liberté qui m'y est donnée.

Pardon de les oublier, mais merci à tous ceux qui m'ont écoutée et distillé des conseils dans les couloirs du journal ou ailleurs tout au long de cette enquête.

Merci à ceux qui n'ont pas souhaité apparaître dans cet ouvrage mais qui se reconnaîtront, pour m'avoir accordé parfois beaucoup de leur temps, pour avoir répondu à mes appels incessants et qui ont accepté à de (très) nombreuses reprises de répondre à mes (très) nombreuses « dernières questions ».

Merci à toutes mes « sources proches du dossier » de m'avoir murmuré à l'oreille de précieuses informations autour de cafés, de jus d'orange pressée ou de pizzas tardives, et d'avoir parfois partagé avec moi un coin de bureau en ces longues après-midi estivales.

Merci aux « faux époux Turange », de nous avoir donné l'occasion d'un bon fou rire.

J'espère bien vous revoir...

Merci à mes indéfectibles amis, qui me soutiennent par tous les temps. Bérangère, pour tout et un peu plus encore, Julien, mon libraire préféré, ma bande de filles, toutes si différentes mais si constantes dans leurs soutien et encouragements, Émeline, son optimisme communicatif et son coup de stylo infaillible, et à mes Marseillais (surtout Esteban) et Toulonnais qui aimeraient tant que je m'intéresse un peu plus au sport.

Merci à mes parents, mes premiers lecteurs, qui font preuve d'une assiduité (remarquable) et d'une bienveillance (très) peu objective mais tellement réconfortante.

Merci à mes éditeurs, Sylvie Delassus et Manuel Carcassonne, pour leur enthousiasme et leur confiance, et à Debora Kahn-Sriber pour sa patience et sa bonne humeur.

Et un précieux merci à Éric Decouty, d'y avoir cru, au tout début.

Merci à ma petite Sarah de m'avoir rappelé l'essentiel au cours de ces mois studieux, grâce à ses petits coups de pied et hoquets inattendus.

Merci à Timothée enfin et surtout, qui sait rendre tout possible.

Annexes

Titres des annexes

1. Contrat signé entre Patrick Buisson et l'UMP en 2010
2. Les vrais coûts des meetings de Nicolas Sarkozy en 2012
3. Les coûts des meetings de Nicolas Sarkozy en 2012, déclarés à la Commission nationale des comptes de campagne
4. Meeting à Nice le 20 avril 2012 : facture du traiteur La Toque du midi
5. Meeting à Nice le 20 avril 2012 : facture du traiteur La Petite maison
6. Meeting à Nice le 20 avril 2012 : dépenses répertoriées par Event & Cie
7. Meeting à Nice le 20 avril 2012 : dépenses déclarées à la Commission nationale des comptes de campagne
8. La vraie facture du meeting de Villepinte, le 11 mars 2012 : 3 millions d'euros
9. Lettre de Christian Jacob, patron des députés UMP à l'Assemblée nationale, à Bastien Millot
10. Exemple d'une fausse facture : le Conseil national du nouveau siècle, le 17 mars 2012
11. Exemple d'une fausse facture : la convention du 2 mai 2012 sur l'Europe
12. Exemple d'une fausse facture : la conférence de Pierre Lellouche sur l'accès au crédit, le 30 mai 2012
13. Exemple d'un engagement de dépenses signé pendant la campagne de Nicolas Sarkozy en 2012
14. Exemple d'un bon de commande validant les dépenses de l'UMP
15. Exemple d'un devis d'une fausse facture validée par Éric Cesari
16. Meeting de Bordeaux du 3 mars 2012 : Montant déclaré à la Commission nationale des comptes de campagne
17. Meeting de Bordeaux du 3 mars 2012 : Montant facturé par Bygmalion
18. Échéancier des règlements des prestations vidéo pendant la campagne 2012 (source : société LENI)
19. Facture globale du meeting de la Concorde le 15 avril 2012
20. Liste du personnel employé lors du meeting de la Concorde du 15 avril 2012
21. Liste des prestataires employés lors du meeting de la Concorde du 15 avril 2012

Annexe 1

CONVENTION

Entre :

L'Union pour un Mouvement Populaire, association régie par la loi du 1er juillet 1901 [ci-après l'"U.M.P. " ou "l'Union"], ayant pour numéro unique d'identification 443 349 220 RCS Paris, dont le siège social est sis 55, rue La Boëtie, 75008 Paris,

représentée par Monsieur Xavier BERTRAND, Secrétaire général, et Monsieur Dominique DORD, Trésorier national, dûment habilités aux fins des présentes,

d'une part,

et

la société PUBLIFACT, sarl au capital de 8.000 Euros, ayant pour numéro unique d'identification RCS Paris 325.230.936, dont le siége social est sis 37 rue des Mathurins, 75008 Paris,

représentée par Monsieur Patrick BUISSON,

d'autre part,

Il a été exposé et convenu ce qui suit :

Article 1 – Objet de la convention

Au regard des compétences de la société PUBLIFACT et de son animateur Patrick Buisson en matière d'études d'opinion publique, d'analyse de celles-ci, d'étude de l'état et de l'évolution de cette opinion, et de leurs capacités de conseils et prescriptions, l'UMP confie à PUBLIFACT une mission d'accompagnement comportant les prestations suivantes: conseils, reporting, commentaires sur l'évolution de l'opinion publique, préconisations, analyses des sondages.
Cette mission s'effectuera en tant que de besoin sous forme verbale ou écrite par Patrick Buisson auprès de la direction du Mouvement.
Un relevé des prestations rendues sera produit à l'appui des factures.

Article 2 – Honoraires

Pour ces prestations, PUBLIFACT perçoit une rémunération forfaitaire mensuelle de 26.750 € HT (trente-quatre mille euros) augmentée des taxes en vigueur lors de la facturation, soit 31.993 € TTC à la signature du contrat.

Les factures sont payables dans les 60 jours de leur présentation.

Article 3 - Durée

La présente Convention est conclue pour une durée d'un an.

Elle pourra être reconduite par accord express entre les parties.

Il pourra y être mis fin à tout moment par l'une ou l'autre des parties avec un préavis de trois mois.

En cas de départ de Patrick Buisson de la société PUBLIFACT, les parties conviennent de la résiliation anticipée du contrat à la fin du mois en cours.

Article 4 - Confidentialité

PUBLIFACT garantit la confidentialité des informations et conseils qu'il reçoit de l'UMP et qu'il lui délivre dans le cadre de sa mission

Fait à Paris le 1er octobre 2010, en deux originaux, chacun pour l'une des parties.

Pour PUBLIFACT

Pour l'UMP

Patrick BUISSON

Xavier BERTRAND

Dominique DORD

Annexe 2

EVENT & cie

Date	Presta/Lieux	CA HT	CA TTC
15/02/2012	Débat à Joigny	5 780,00	6 912,88
15/02/2012	Aménagement QG de campagne	152 725,10	182 659,22
	sous-total	158 505,10	189 572,10
16/02/2012	Meeting Annecy	211 905,00	253 438,38
19/02/2012	Meeting Marseille	644 379,00	770 677,28
23/02/2012	Meeting Lille	508 256,00	607 874,18
28/02/2012	Meeting Montpellier	485 161,25	580 252,86
03/03/2012	Meeting Bordeaux	506 213,34	605 431,15
08/03/2012	Meeting St Just St Rambert	245 937,34	294 141,06
11/03/2012	Meeting Villepinte	1 519 254,60	1 817 028,50
15/03/2012	Meeting Recy	221 191,55	264 545,09
16/03/2012	Meeting Meaux	199 723,00	238 868,71
17/03/2012	Meeting Lyon	463 718,15	554 606,91
22/03/2012	Meeting Strasbourg	482 034,50	576 513,26
24/03/2012	Meeting Rueil Malmaison	214 525,26	256 572,21
26/03/2012	Meeting Ormes	263 271,15	314 872,30
27/03/2012	Meeting Nantes	438 508,31	524 455,94
28/03/2012	Meeting Elancourt	207 350,24	247 990,89
29/03/2012	Meeting Nîmes	238 632,31	285 404,24
30/03/2012	Meeting Besançon	211 297,13	252 711,37
31/03/2012	Meeting Paris Versailles	723 378,00	865 160,09
02/04/2012	Meeting Nancy	444 147,31	531 200,18
04/04/2012	Meeting La Réunion	516 181,87	617 353,52
05/04/2012	Meeting Paris Equinoxe	208 825,50	249 755,30
06/04/2012	Meeting Caen	445 763,72	533 133,41
07/04/2012	Meeting Saint-Raphaël	241 532,26	288 872,58
11/04/2012	Meeting Paris La Mutualité	232 256,50	277 778,77
12/04/2012	Meeting Saint-Brice sous Forêt	199 863,50	239 036,75
13/04/2012	Meeting Ajaccio	312 007,13	373 160,53
14/04/2012	Meeting Perpignan	273 313,94	326 883,47
14/04/2012	Réunion Gaveau	152 979,00	182 962,88
15/04/2012	Meeting Paris La Concorde	1 570 225,01	1 877 989,11
16/04/2012	Meeting Poitiers	248 353,31	297 030,56
17/04/2012	Meeting Morlaix	236 097,04	282 372,06
18/04/2012	Meeting Arras	278 196,50	332 723,01
19/04/2012	Meeting Saint-Maurice	220 841,00	264 125,84
20/04/2012	Meeting Nice	505 522,80	604 605,27
22/04/2012	Réunion La Mutualité - 1er tour	414 319,27	495 525,85
	sous-total 1er tour	14 285 161,79	17 085 053,50
23/04/2012	Meeting St Cyr sur Loire	257 835,81	308 371,63
24/04/2012	Meeting Longjumeau	209 911,55	251 054,21
25/04/2012	Meeting Cernay	253 603,13	303 309,34
26/04/2012	Meeting Le Raincy	219 490,50	262 510,64
27/04/2012	Meeting Dijon	325 143,37	388 871,47
28/04/2012	Meeting Clermond-Ferrand	521 148,01	623 293,02
29/04/2012	Meeting Toulouse	748 641,13	895 374,79
30/04/2012	Meeting Avignon	254 422,74	304 289,60
01/05/2012	Meeting TROCADERO	481 958,12	576 421,91
03/05/2012	Meeting Toulon	480 663,50	574 873,55
04/05/2012	Meeting Sables d'Olonne	260 622,13	311 704,07
06/05/2012	Réunion La Mutualité - 2nd tour	474 608,50	567 631,77
06/05/2012	Rassemblement Place de la Concorde	88 410,00	105 738,36
	sous-total 2nd tour	4 576 458,49	5 473 444,35
	sous-total Campagne	18 861 620,28	22 558 497,85

Annexe 3

EVENT & cie

Date	N°	Presta/Lieux	CA HT	CA TTC
21/02/2012	120215	Meeting Annecy - 16/02	58 182,00	69 585,67
21/02/2012	120216	Meeting Marseille - 19/02	83 699,00	100 104,00
24/02/2012	120217	Meeting Lille - 23/02	83 474,00	99 834,90
29/02/2012	120223	Meeting Montpellier - 28/02	83 879,00	100 319,28
12/03/2012	120307	Meeting Bordeaux - 03/03	83 807,00	100 233,17
12/03/2012	120308	Meeting St Just St Rambert - 08/03	63 171,00	75 552,52
12/03/2012		Meeting Villepinte	0,00	0,00
16/03/2012	120314	Meeting Recy - 15/03	60 538,00	72 403,45
23/03/2012	120317	Meeting Meaux - 16/03	55 331,00	66 175,88
23/03/2012	120318	Meeting Lyon - 17/03	88 718,00	106 106,73
23/03/2012	120319	Meeting Strasbourg - 22/03	91 650,00	109 613,40
30/03/2012	120325	Meeting Rueil Malmaison - 24/03	62 844,00	75 161,42
30/03/2012	120326	Meeting Ormes - 26/03	59 859,00	71 591,36
30/03/2012	120327	Meeting Nantes - 27/03	82 731,00	98 946,28
30/03/2012	120328	Meeting Elancourt - 28/03	61 062,00	73 030,15
30/03/2012	120329	Meeting Nîmes -29/03	62 201,00	74 392,40
06/04/2012	120401	Meeting Besançon - 30/03	61 246,00	73 250,22
06/04/2012	120402	Meeting Paris Versailles - 31/03	117 328,00	140 324,29
06/04/2012	120403	Meeting Nancy - 02/04	79 995,00	95 674,02
06/04/2012	120404	Meeting La Réunion - 04/04	175 119,00	209 442,32
06/04/2012	120405	Meeting Paris Equinoxe - 05/04	77 280,00	92 426,88
13/04/2012	120407	Meeting Caen - 06/04	84 148,00	100 641,01
13/04/2012	120408	Meeting Saint-Raphaël - 07/04	62 554,00	74 814,58
13/04/2012	120409	Meeting Paris La Mutualité - 11/04	82 374,00	98 519,30
13/04/2012	120410	Meeting Saint-Brice sous Forêt - 12/04	63 983,00	76 523,67
20/04/2012	120414	Meeting Ajaccio - 13/04	63 506,00	75 953,18
20/04/2012	120413	Meeting Perpignan - 14/04	73 325,00	87 696,70
20/04/2012	120415	Meeting Paris La Concorde - 15/04	149 991,00	179 389,24
20/04/2012	120416	Meeting Poitiers - 16/04	62 646,00	74 924,62
20/04/2012	120417	Meeting Morlaix - 17/04	62 733,00	75 028,67
20/04/2012	120418	Meeting Arras - 18/04	65 016,00	77 759,14
27/04/2012	120419	Meeting Saint-Maurice - 19/04	62 544,00	74 802,62
27/04/2012	120420	Meeting Nice - 20/04	82 753,00	98 972,59
		sous-total 1er tour	2 507 687,00	2 999 193,65
23/04/2012	120501	Meeting St Cyr sur Loire	60 343,00	72 170,23
24/04/2012	120502	Meeting Longjumeau	58 329,00	69 761,48
25/04/2012	120503	Meeting Cernay	59 758,00	71 470,57
26/04/2012	120504	Meeting Le Raincy	60 292,00	72 109,23
27/04/2012	120505	Meeting Dijon	79 261,00	94 796,16
28/04/2012	120506	Meeting Clermond-Ferrand	129 353,00	154 706,19
29/04/2012	120507	Meeting Toulouse	153 189,00	183 214,04
30/04/2012	120508	Meeting Avignon	58 845,00	70 378,62
03/05/2012	120509	Meeting Toulon	124 508,00	148 911,57
04/05/2012	120510	Meeting Sables d'Olonne	54 858,00	65 610,17
		sous-total 2nd tour	838 736,00	1 003 128,26
		sous-total Campagne	3 346 423,00	4 002 321,91

Annexe 4

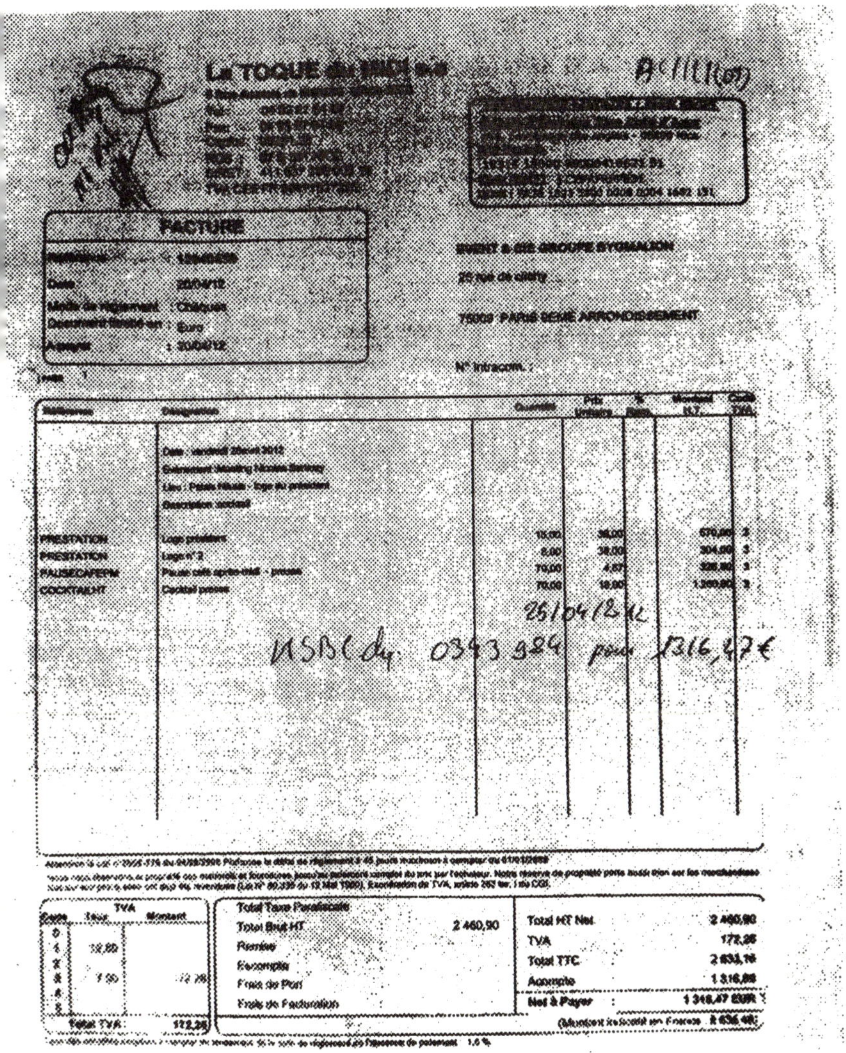

FACTURE

Date : 20/04/12
Mode de règlement : Chèques
Document libellé en : Euro
Acompte : 20/04/12

EVENT & CIE GROUPE SYGMALION
25 rue de clichy
75009 PARIS 9EME ARRONDISSEMENT

N° Intracom. :

Référence	Désignation	Quantité	Prix Unitaire	% Rem.	Montant H.T.	Code TVA
	Date : vendredi 20avril 2012					
	Evénement : Meeting Nicolas Sarkozy					
	Lieu : Palais Rihour - loge du président					
	Description : cocktail					
PRESTATION	Loge président	15,00	38,00		570,00	3
PRESTATION	Loge n° 2	8,00	38,00		304,00	3
PAUSECAFEPM	Pause café après-midi - pièces	70,00	4,67		326,90	3
COCKTAILHT	Cocktail pièces	70,00	18,00		1 260,00	3

25/04/12 HL
HSBC chq. 0343 924 pour 1316,47 €

Total Taxe Parafiscale	
Total Brut HT	2 460,90
Remise	
Escompte	
Frais de Port	
Frais de Facturation	

Total HT Net	2 460,90
TVA	172,26
Total TTC	2 633,16
Acompte	1 316,69
Net à Payer :	1 316,47 EUR

Total TVA : 172,26

Annexe 5

RESTAURANT "LA PETITE MAISON"
11 rue [illegible]
[illegible] NICE
SIRET : [illegible]
TVA FR 95 327 042 120 00016

AC112/064

ADRESSE :

EVENT & CIE
75 rue de Clichy
75 009 Paris

Nice, le 09/05/2012

FACTURE

N°	DESCRIPTIONS	QUANTITE	PRIX UNIT. HT	TOTAL HT
18	COCKTAIL AU NIKAIA LE 20 AVRIL 2012 PRIX FORFAITAIRE	1	0,00	3 000,00

TOTAL HT	3000,00
TVA 7	240,00
TVA 19.6	
TOTAL TTC	3 [illegible]
ACOMPTE	
TOTAL	

COMPTE BANCAIRE

S.A.R.L. VANLO
Restaurant "La Petite Maison"
3, rue de l'Opéra - 06300 NICE
Tél : 04 93 92 59 59 - Fax 04 93 [illegible]
RCS : 327 042 120 RCS NICE - APE : 5610 A

Annexe 6

Meeting UMP - 20 avril 2012 - NICE				
Balance globale				
Dépenses			Recettes	
PRESTATIONS	PRESTATAIRES	COUTS		DUES
LIEU				
Locatif				
Prestation Technique	PALAIS NIKAIA	37 665,49 €		37 665,49 €
AMÉNAGEMENT				
Mobilier	GL Events	16 679,40 €		27 430,00 €
Aménagement / Déco	COTE JARDIN	35 029,10 €		42 310,00 €
TECHNIQUE				
Son / Lumière	MATCH EVENT	125 340,23 €		147 820,00 €
Prestation VIDEO	LENI	124 444,60 €		152 840,00 €
Groupe électrogène	AGGREKO	15 537,83 €		21 450,00 €
Approvision fuel	AGGREKO	1 000,00 €		
Streaming	VIEW ON	2 870,50 €		2 870,50 €
Direction Photo	BINEFLY	4 950,00 €		4 950,00 €
Réalisation Yves BARBARA	13 JANVIER PRODUCTIONS	4 500,00 €		4 500,00 €
Grue téléscopique	TSF	12 137,00 €		
EQUIPEMENT				
Orange	ORANGE	8 963,28 €		12 320,00 €
Drapeaux (1600)	OVERTIME / AUVERPRIME	1 360,00 €		3 650,00 €
Transport Drapeaux	DIMOTRANS	400,00 €		
PRESTATIONS DIVERSES				
Traiteur	**LA TOQUE DU MIDI**	**2 460,90 €**		**11 210,00 €**
Traiteur	**LA PETITE MAISON**	**3 000,00 €**		
Traduction langue des signes	ALTO	2 846,81 €		2 846,81 €
MOYENS HUMAINS				
Moyens humains	Thomas / Emilien	3 600,00 €		
Plans Techniques	LE POLE TECHNIQUE	190,00 €		
Frais Equipes Match	MATCH	2 652,00 €		
Salaires : Scripte, Assisant réal - Léni	BO Productions	6 250,00 €		
SECURITE				
Certification	DEKRA	380,00 €		380,00 €
Gardiennage				3 280,00 €
Direction technique				15 000,00 €
Coordination générale				15 000,00 €
	TOTAL DÉPENSES	412 257,14 €	TOTAL RECETTES	505 522,80 €
			BENEFICE	93 265,66 €

Annexe 7

EVENT & Cie

UNION pour un MOUVEMENT POPULAIRE
238, rue de Vaugirard
75015 PARIS

Code client : A1002
Facture n°: 120420

Date : vendredi 27 avril 2012

Prestations	Montant HT
Organisation Meeting - Nice - 20 avril 2012	
Prestation Technique	5 015,00 €
Mobilier	3 326,00 €
Aménagement - Décoration	6 781,00 €
Son, lumière et distribution électrique	24 190,00 €
Vidéo captation, diffussion	25 019,00 €
Groupe électrogène	3 539,00 €
Streaming	1 375,00 €
Direction Photo	600,00 €
Réalisation	750,00 €
Connexion internet	2 032,00 €
Drapeaux	602,00 €
Traiteur	1 850,00 €
Traduction langue des signes	970,00 €
Certification	163,00 €
Gardiennage	1 541,00 €
Direction technique	2 500,00 €
Coordination générale	2 500,00 €
Total HT	82 753,00 €
TVA 19,6%	16 219,59 €
Montant TTC à payer	**98 972,59 €**

EVENT & Cie
Société par Actions Simplifiée au capital de 7 500 euros - 25, rue de Clichy - 75009 Paris
N° SIREN 514 492 701 R.C.S. Paris - N° TVA : FR50 514 492 701

Annexe 8-1

GESTION COMMANDES | NS VILLEPINTE 2012 | EVENT CIE / AGENCE PUBLICS

EVENT & cie AGENCE PUBLICS

RECAPITULATIF COUTS GLOBAUX AU 4 avril 2012
CONFIDENTIEL
Villepinte

11 mars 2012

	Total	Agence Publics	Event & Cie
ACHATS HT	1 677 352,72 €	863 341,17 €	814 011,55 €
VENTE HT	3 038 509,70 €	Marge AP:	Marge E&C:
		680 578,49 €	680 578,49 €
MARGE	1 361 156,98 €		
		DIFFERENTIEL INTER ENTREPRISE	
POURCENTAGE	44,80%	**49 329,62 €**	

Soit Refacturation HT de AP vers E&C
24 664,81 €

1 519 254,85 €

CONFIDENTIEL

Annexe 8-2

GESTIONS COMMANDES

NS VILLEPINTE 11 MARS 2012

EVENT CIE / AGENCE PUBLICS

TYPE	ENTITE / SERVICE	FONCTION	Agence	Prix	Etat	Note
PRESTATAIRE	PHIAPPALINE	Deco Scène	Agence Publics	134 670,00 €		~~Pas de Bdc mais Acompte fait~~
PRESTATAIRE	ART EVENTS	Mobilier	Agence Publics	200 850,00 €		Bdc Fait par Michel
PRESTATAIRE	VLS	Video diffusion	Agence Publics	104 982,50 €		Devis recu
PRESTATAIRE	Aggreko	Groupe electro	Agence Publics	51 765,00 €		BDC fait par Michel
PRESTATAIRE	[redacted]	photographe	Agence Publics	1 000,00 €		BDC normalement fait par Michel
PRESTATAIRE	[redacted]	photographe	Agence Publics	1 000,00 €		Devis recu
PRESTATAIRE	[redacted]	photographe	Agence Publics	700,00 €		Devis recu
PRESTATAIRE	Croix rouge	Secours	Agence Publics	4 872,00 €		Bdc Fait par Marie
PRESTATAIRE	Alcor	Gradin	Agence Publics	143 000,00 €		~~Pas de Bdc mais Acompte fait~~
PRESTATAIRE	Men at Work	Roads	Agence Publics	27 864,32 €		Bdc fait par GA
PRESTATAIRE	Salt & Pepper	Film	Agence Publics	39 947,50 €		Devis recu
PRESTATAIRE	64000eme	Film	Agence Publics	7 800,00 €		Devis recu
PRESTATAIRE	INA	Achat images	Agence Publics	4 460,00 €		Bdc Fait par Michel
PRESTATAIRE	INA	Achat images	Agence Publics	320,00 €		Bdc Fait par Michel
PRESTATAIRE	Associated Press	Achat images	Agence Publics	890,00 €		Bdc Fait par Michel
PRESTATAIRE	INA	Achat images	Agence Publics	890,00 €		Bdc Fait par Michel
PRESTATAIRE	NdF	Remboursement frais	Agence Publics	109,00 €		
PRESTATAIRE	ADM	Photos	Agence Publics	864,00 €		Devis recu
PRESTATAIRE	Frais runner	Essence , table regie	Agence Publics	1 004,00 €		
PRESTATAIRE	IMPRIMERIE DESSEAUX	Tickets café	Agence Publics	480,00 €		Bdc Fait par Michel
PRESTATAIRE	INTERSELEC	Fournitures de bureau	Agence Publics	600,00 €		Bdc Fait par Michel
PRESTATAIRE	NEWWORKS	Prensentation	Agence Publics	361,26 €		Bdc Fait par Michel
PRESTATAIRE	Gold Race	Coursier	Agence Publics	57,60 €		Bdc Fait par Michel
PRESTATAIRE	ALFORT	Transports	Agence Publics	319,96 €		Bdc Fait par Michel
PRESTATAIRE	REFLEXION CREATIVE	Infographie	Agence Publics	12 000,00 €		Devis recu
PRESTATAIRE	REFLEXION CREATIVE	Roughs	Agence Publics	1 250,00 €		Devis recu
PRESTATAIRE	LA TABLE EST MISE	Table de Regie	Agence Publics	10 400,00 €		Devis recu
PRESTATAIRE	UBICUS DDM	Badges	Agence Publics	8 630,20 €		Bdc Fait par Michel
PRESTATAIRE	Mediactive	Badges	Agence Publics	680,00 €		Devis recu
PRESTATAIRE	TCV PROD	making Off	Agence Publics	5 543,84 €		Devis recu
PRESTATAIRE	Adelyo	Talkies	Event & Cie	3 590,40 €		Devis recu
PRESTATAIRE	Adelyo	Interphonie	Event & Cie	5 800,00 €		BDC par Event & Cie
PRESTATAIRE	Boîtier de vote	Mediavote	Event & Cie	3 000,00 €		BDC par Event & Cie
PRESTATAIRE	[redacted]	Contrôle securité	Event & Cie	1 500,00 €		Devis recu
PRESTATAIRE	ELIOR	Traiteur/catering	Event & Cie	59 957,65 €		BDC par Event & Cie
PRESTATAIRE	[redacted]	Voix Off	Event & Cie	700,00 €		BDC par Event & Cie
PRESTATAIRE	MAGINEM	Desk Scene	Event & Cie	1 802,00 €		En attente de Devis
PRESTATAIRE	Match Event	Son lumière	Event & Cie	336 009,50 €		Devis recu
PRESTATAIRE	[redacted]	Informatique	Event & Cie	5 596,40 €		Devis du 9/03
PRESTATAIRE	JORDAN & EARTH	Roads	Event & Cie	4 244,00 €		Devis recu
PRESTATAIRE	VIEW ON	Streaming	Event & Cie	2 440,00 €		Devis recu
PRESTATAIRE	Coté jardin	Déco scene	Event & Cie	167 780,00 €		
PRESTATAIRE	Alto	Traduction	Event & Cie	6 818,32 €		Devis recu
PRESTATAIRE	Euromedia	Video captation	Event & Cie	125 000,00 €		Devis recu
PRESTATAIRE	Euromedia	Suppléments	Event & Cie	10 616,18 €		Devis recu
PRESTATAIRE	Doublet	Drapeaux	Event & Cie	30 077,10 €		Devis recu
PRESTATAIRE	Doublet	Drapeaux	Event & Cie	14 040,00 €		Devis recu
PRESTATAIRE	SALTI	Nacelles	Event & Cie	5 308,00 €		Devis recu
PRESTATAIRE	Expo 2 B	engins elevateurs	Event & Cie	3 780,00 €		Devis recu
PRESTATAIRE	Système RISP	Velotypie	Event & Cie	3 070,00 €		Devis recu

CONFIDENTIEL

Annexe 9

ASSEMBLÉE NATIONALE

Groupe U.M.P.

Le Président

RÉPUBLIQUE FRANÇAISE
LIBERTÉ - ÉGALITÉ - FRATERNITÉ

Paris, le 11 JUIL. 2014

B.M.CONSULTING
Monsieur Bastien MILLOT
Président
Hameau de Senercy
02240 SERY LES MEZIERES

Monsieur le Président,

Par contrat conclu en septembre 2012, le groupe U.M.P. de l'Assemblée Nationale, agissant par son Président, chargeait la société BYGMALION, dont vous étiez le représentant légal, d'accomplir une prestation de communication, consistant essentiellement à fournir, pour 180 députés du Groupe, un bilan personnalisé de mi-mandat.

Il était convenu que le coût de cette prestation serait réglé à votre société par des versements mensuels qui s'échelonneraient jusqu'à fin février 2015.

A votre initiative, la mission contractuelle précitée était cédée à une autre entité placée sous votre contrôle à compter du 1er mars 2013, B.M. CONSULTING.

Compte-tenu d'éléments récents, dont la presse s'est largement fait l'écho, il nous est apparu que la poursuite de notre collaboration devenait impossible, tant elle risquait d'atteindre l'image des députés U.M.P. qu'elle était initialement supposée servir.

C'est dans ces conditions que j'ai pris l'initiative, par courrier en date du 2 avril 2014 adressé au Président de Bygmalion, de mettre fin au contrat pour cette cause imprévisible.

Quelques temps plus tard, le 10 juin 2014, une nouvelle lettre recommandée A.R. vous était adressée.

En effet, ayant mis un terme à la poursuite de notre contrat, nous demeurions légitimes à obtenir la contrepartie des versements effectués ou, mieux encore, le remboursement des sommes versées. Nous n'avons obtenu aucune réponse à cette lettre.

D'autre part, l'aggravation des événements, à l'origine de la résiliation, nous conduit à ne plus envisager que le remboursement des sommes versées.

C'est sur ce constat que le 8 juillet 2014 les députés du Groupe U.M.P. m'ont chargé de vous signifier – ce qui est une des finalités de la présente – qu'ils considéraient comme désormais impossible d'utiliser des documents de communication émanant d'une quelconque entité placée sous votre contrôle, considérant qu'une rupture de fait résultait de l'image s'attachant désormais à vos sociétés.
En tout état de cause, cette rupture contractuelle ne nous est pas imputable. Elle s'impose à nous.

En conséquence de ce qui précède, je vous prie de me faire savoir, sous huitaine, les conditions dans lesquelles vous envisagez de nous rembourser la somme versée, soit le montant de 298 000 euros HT.

Puisque vous m'avez indiqué que votre conseil est Maître Florence RAULT, nous lui adressons copie de la présente afin de nous assurer que celle-ci vous parvienne compte tenu des désagréments passés.

Je vous prie de croire, Monsieur le Président, à l'expression de mes salutations distinguées.

Christian JACOB

Annexe 10

EVENT & Cie

UNION pour un MOUVEMENT POPULAIRE
238, rue de Vaugirard
75015 PARIS

Code client : A1002
Facture n°: 120321

Date : vendredi 23 mars 2012

Prestations	Montant HT
Organisation du "Conseil National du Nouveau Siècle" - 17 mars 2012	
Mobilier	11 000,00 €
Aménagement	22 000,00 €
Son, lumière et distribution électrique	66 000,00 €
Vidéo	72 000,00 €
Traiteur	21 000,00 €
Pendrillons	2 000,00 €
Traduction langue des signes	1 500,00 €
Catering	6 000,00 €
Streaming	1 500,00 €
Signalétique	2 000,00 €
Matériel informatique	2 000,00 €
Blocs	1 000,00 €
Connexion internet	2 000,00 €
Régie technique	20 000,00 €
Coordination générale	20 000,00 €
Total HT	250 000,00 €
TVA 19,6%	49 000,00 €
Montant TTC à payer	**299 000,00 €**

RIB :

Banque	Guichet	N° de compte	Clé RIB

IBAN	

EVENT & Cie
Société par Actions Simplifiée au capital de 7 500 euros - 25, rue de Clichy - 75009 Paris
N° SIREN 514 492 701 R.C.S. Paris - N° TVA : FR50 514 492 701

Annexe 11

EVENT & Cie

UNION pour un MOUVEMENT POPULAIRE
238, rue de Vaugirard
75015 PARIS

Code client : A1002
Facture n°: 120516

Date : vendredi 11 mai 2012

Prestations	Montant HT
Organisation de la Convention du 2 mai 2012 : "Refonder l'Europe"	
Mobilier	11 000,00 €
Aménagement	22 000,00 €
Son, lumière et distribution électrique	66 000,00 €
Vidéo	72 000,00 €
Traiteur	21 000,00 €
Pendrillons	2 000,00 €
Traduction langue des signes	1 500,00 €
Catering	6 000,00 €
Streaming	1 500,00 €
Signalétique	2 000,00 €
Matériel informatique	2 000,00 €
Blocs	1 000,00 €
Connexion internet	2 000,00 €
Régie technique	20 000,00 €
Coordination générale	20 000,00 €
Total HT	250 000,00 €
TVA 19,6%	49 000,00 €
Montant TTC à payer	**299 000,00 €**

RIB :

Banque	Guichet	N° de compte	Clé RIB

IBAN	
BIC	

EVENT & Cie
Société par Actions Simplifiée au capital de 7 500 euros - 25, rue de Clichy - 75009 Paris
N° SIREN 514 492 701 R.C.S. Paris - N° TVA : FR50 514 492 701

Annexe 12

EVENT & Cie

UNION pour un MOUVEMENT POPULAIRE
238, rue de Vaugirard
75015 PARIS

Code client : A1002
Facture n°: 120524

Date : jeudi 31 mai 2012

Prestations	Montant HT
Organisation de la Conférence autour de Pierre Lellouche sur l'accès au crédit le 30 mai 2012	
Mobilier	11 000,00 €
Aménagement	22 000,00 €
Son, lumière et distribution électrique	66 000,00 €
Vidéo	72 000,00 €
Traiteur	21 000,00 €
Pendrillons	2 000,00 €
Traduction langue des signes	1 500,00 €
Catering	6 000,00 €
Streaming	1 500,00 €
Signalétique	2 000,00 €
Matériel informatique	2 000,00 €
Blocs	1 000,00 €
Connexion internet	2 000,00 €
Régie technique	20 000,00 €
Coordination générale	20 000,00 €
Total HT	250 000,00 €
TVA 19,6%	49 000,00 €
Montant TTC à payer	**299 000,00 €**

RIB :

Banque	Guichet	N° de compte	Clé RIB

IBAN	
BIC	

EVENT & Cie
Société par Actions Simplifiée au capital de 7 500 euros - 25, rue de Clichy - 75009 Paris
N° SIREN 514 492 701 R.C.S. Paris - N° TVA : FR50 514 492 701

Annexe 13

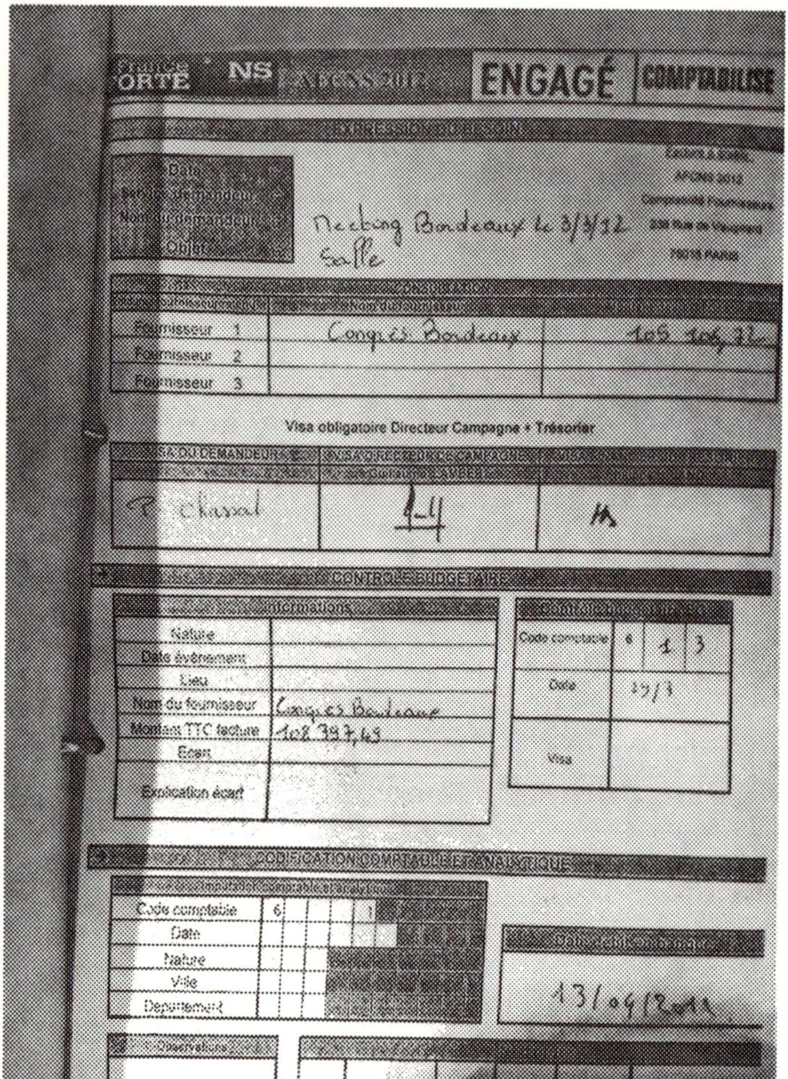

France FORTE NS [illegible] 2012 ENGAGÉ COMPTABILISÉ

EXPRESSION DU BESOIN

Date

Service demandeur

Nom du demandeur

Objet

Meeting Bordeaux le 3/3/12

Salle

Fournisseur 1 Congrès Bordeaux 105 106,72

Fournisseur 2

Fournisseur 3

Visa obligatoire Directeur Campagne + Trésorier

VISA DU DEMANDEUR | VISA DIRECTEUR CAMPAGNE | VISA

CONTRÔLE BUDGÉTAIRE

Informations

Nature	
Date événement	
Lieu	
Nom du fournisseur	Congrès Bordeaux
Montant TTC facture	108 397,45
Ecart	
Explication écart	

Code comptable	6	1	3
Date	29/3		
Visa			

CODIFICATION COMPTABLE ET ANALYTIQUE

Imputation comptable et analytique

Code comptable	6 1
Date	
Nature	
Ville	
Département	

13/04/2012

Observations

Annexe 14

Cadre réservé à la comptabilité

ENGAGEMENT DE DEPENSE	Date facture	N° ordre	Engt	Gestion facture
UMP	24/4/12	1286		COMPTABILISE

EXPRESSION DU BESOIN

Date ⇨

Service demandeur ⇨

Nom du demandeur ⇨ P. Chassat   Signature : [signature]

Objet ⇨ Technique Campagne Pst

CONSULTATION

Entourez fournisseur retenu	Nom du fournisseur	Montant devis HT	TTC
Fournisseur 1	Event et Cie		2 999 193,66
Fournisseur 2			
Fournisseur 3			

NB : Commande supérieure à 3.000€ TTC, consultation obligatoire de 2 ou 3 fournisseurs (joindre les devis)

Directeur	Fabienne LIADZE Directeur Ressources	Eric CESARI Visa Directeur Général	J. LAVRILLEUX Visa SG / Dir. Cabinet
[signature]	[signature]	[signature]	[signature]
Date : 24/04/12	Date	Date	Date :

CONTRÔLE DE FACTURE

Montant de la facture	2 999 193,66
Ecart Facture / Devis	–
Code fournisseur	Events
Compte général	6
Ligne budgétaire	Elections

Anomalie	Visa Service si anomalie	Visa Compta	Visa Dir Ressources si écart

DAF_2011

Annexe 15

EVENT & cie

KYOMAUON

UNION pour un MOUVEMENT POPULAIRE
238, rue de Vaugirard
75015 PARIS

Devis n° 050312A

Date : lundi 5 mars 2012

Prestations	Montant HT
Organisation de la Convention "Conforter le lien entre institutions et citoyens / le rôle de l'élu" 7 mars 2012	
Mobilier	11 540,00 €
Aménagement	22 890,00 €
Son, lumière et distribution électrique	65 780,00 €
Vidéo	71 157,00 €
Traiteur	20 870,00 €
Pendrillons	2 065,00 €
Traduction langue des signes	1 410,00 €
Catering	6 142,00 €
Streaming	1 570,00 €
Signalétique	1 990,00 €
Matériel informatique	2 036,00 €
Blocs	985,00 €
Connexion internet	2 031,00 €
Maquilleuse	100,00 €
Régie technique	20 000,00 €
Coordination générale	20 000,00 €
Total HT	250 566,00 €
TVA 19,6%	49 110,94 €
Montant TTC	299 676,94 €

CONDITIONS DE REGLEMENT :	BON POUR ACCORD
A réception	A Nom du signataire : Eric Cesari Cachet et Signature précédés de la mention "Bon pour accord" : "bon pour accord"

U.M.P.
238, rue de Vaugirard
TSA 41557
75901 PARIS Cedex 15
Tél : 01 40 76 60 00

EVENT & CIE

Annexe 16

EVENT & cie

UNION pour un MOUVEMENT POPULAIRE 238, rue de Vaugirard 75015 PARIS

Code client : A1002
Facture n°: 120307

Date : lundi 12 mars 2012

Prestations	Montant HT
Organisation Meeting - Bordeaux - 3 mars 2012	
Mobilier ocation de chaises, tables presse, chauffeuses, fauteuils et pupitre pour l'équipeme des loges, de la scène et de la salle de meeting Pose, dépose et transport	8 990,00 €
Aménagement Scène, fond de scène et podiums caméras et photographes habillés en moquette et coton gratté montage, démontage et transport	6 111,00 €
Son, lumière et distribution électrique Sonorisation de la salle et éclairage de la scène et des premiers rangs distribution électrique et concommables montage, démontage et transport	27 208,00 €
Vidéo Captation et diffusion vidéo Plateau caméras, projecteurs, écrans et régie vidéo montage, démontage et transport	23 778,00 €
Traiteur loge	608,00 €
Groupe électrogène	3 626,00 €
Traduction langue des signes	545,00 €
Traiteur Viennoiseries et boissons avec mise en place dans les loges	2 230,00 €
Streaming	540,00 €
Direction photo	600,00 €
Réalisateur	750,00 €
Drapeaux	1 270,00 €
Secours	169,00 €
Connexion internet Installation d'SDSL avec abonnement Switchs,cordons et cablage dépose et transport	2 292,00 €
Cabinet de sécurité	90,00 €
Régie technique	2 500,00 €
Coordination générale	2 500,00 €
Total HT	83 807,00 €
TVA 19,6%	16 426,17 €
Montant TTC à payer	**100 233,17 €**

EVENT & Cie
Société par Actions Simplifiée au capital de 7 500 euros - 25, rue de Clichy - 75009 Paris
N° SIREN 514 492 701 R.C.S. Paris - N° TVA : FR50 514 492 701

Annexe 17

Meeting Bordeaux 3 mars		
Balance globale HT		
Prestations et fournisseurs	**Dépenses**	**Recettes**
Locatif et annexes Parc des Expos ded Bordeaux		
Mobilier **GL Event**	39 098,30 €	54 490,00 €
Aménagement Déco **Coté Jardin**	28 416,35 €	36 904,00 €
Son lumière et distribution elec **MatchEvent**	133 364,66 €	164 298,00 €
La boite noire	6 283,37 €	
Vidéo **Leni**	97 402,04 €	144 110,00 €
Traiteur loge Lacoste	503,50 €	1 870,00 €
Groupe électrogène **LUMEX**	15 581,87 €	21 980,00 €
Traduction langue des signes **Alto**	2 995,00 €	3 295,00 €
Traiteur TAM TAM	11 300,00 €	13 420,00 €
Streaming **View On**	2 750,00 €	3 290,00 €
Direction photo **Tibert Demoulin**	4 950,00 €	4 950,00 €
Réalisateur Yves BARBARA	4 500,00 €	4 500,00 €
Scripte assiss cadreurs B O production	2 650,00 €	
Roads Meli Melody	10 166,00 €	
SOCOTEC	900,00 €	
Drapeaux DOUBLET	6 617,00 €	7 690,00 €
Secours Croix blanche	1 024,00 €	1 024,00 €
Orange France télécom	13 987,00 €	13 892,34 €
Moyens humain	3 600,00 €	
Louma (bras) TSF	11 925,00 €	
Nacelles LOXAM	2 092,67 €	
Régisseur Com Stream	2 240,00 €	
Cabinet de sécu Hervé Pierre	500,00 €	500,00 €
Régie technique générale		15 000,00 €
Coordination générale		15 000,00 €
TOTAL	**402 846,76 €**	**506 213,34 €**

103 366,58 €

Mobilier **GL Event**	54 490,00 €
Aménagement Déco **Coté Jardin**	36 904,00 €
Son lumière et distribution elec **MatchEvent**	164 298,00 €
Vidéo **Leni**	144 110,00 €
Traiteur loge Lacoste	1 870,00 €
Groupe électrogène **LUMEX**	21 980,00 €
Traduction langue des signes **Alto**	3 295,00 €
Traiteur TAM TAM	13 420,00 €
Streaming **View On**	3 290,00 €
Direction photo **Tibert Demoulin**	4 950,00 €
Réalisateur Yves BARBARA	4 500,00 €
Drapeaux DOUBLET	7 690,00 €
Secours Croix blanche	1 024,00 €
Orange France télécom	13 892,34 €
Cabinet de sécu Hervé Pierre	500,00 €
Régie technique générale	15 000,00 €
Coordination générale	15 000,00 €

Annexe 18

LENI
94 BIS RUE MARCEAU
93100 MONTREUIL

PRESTATIONS 2012 : EVENT & CIE

N° FACTURE	DATE FACTURE	TYPE D'EVENEMENT	DATE DE LIVRAISON	DATE DE REPRISE	MONTANT HT	DATE DE REGLEMENT
1203080	12/03/2012	MEETING DU 11 MARS 2012 PARC DES EXPOSITIONS PARIS NORD VILLEPINTE	10/03/2012	11/03/2012	5 596,40	06/04/2012
1204130	16/04/2012	MEETING DU 14/15 AVRIL 2012 PLACE DE LA CONCORDE	13/04/2012	15/04/2012	4 292,68	06/06/2012
1204131	16/04/2012	MEETING DU 16/15 MARS 2012 PARC DES EXPOSITIONS PARIS NORD VILLEPINTE	11/04/2012	15/04/2012	3 318,20	06/06/2012
1205058	10/05/2012	MEETING DU 14/15 AVRIL 2012 PLACE DE LA CONCORDE	13/04/2012	12/04/2012	- 850,00	06/06/2012
1205058	10/05/2012	MEETING DU 14/15 AVRIL 2012 PLACE DE LA CONCORDE	13/04/2012	15/04/2012	- 750,00	06/06/2012
1202051	29/02/2012	DEBAT TFA NICOLAS SARKOZY	15/02/2012	15/02/2012	4 326,80	16/03/2012
1202052	29/02/2012	MEETING MARSEILLE-PARC CHANOT	18/02/2012	19/02/2012	28 824,00	16/03/2012
1202053	29/02/2012	MARSEILLE PARC CHANOT	16/02/2012	19/02/2012	165 072,28	16/03/2012
1202054	29/02/2012	MEETING UMP MARSEILLE	15/02/2012	20/05/2012	4 732,00	16/03/2012
1202055	29/02/2012	MEETING LILLE	23/02/2012	24/02/2012	6 076,00	16/03/2012
1202056	29/02/2012	METING LILLE COMPLT	22/02/2012	24/02/2012	5 601,40	16/03/2012
1202057	29/02/2012	METING LILLE	21/02/2012	23/02/2012	130 126,64	06/04/2012
1202058	29/02/2012	MONTPELLIER	27/02/2012	28/02/2012	121 660,96	06/04/2012
1202059	29/02/2012	MONTPELLIER	27/02/2012	29/02/2012	6 076,00	16/03/2012
1202060	29/02/2012	MONTPELLIER	27/02/2012	28/02/2012	5 412,50	16/03/2012
1202061	29/02/2012	QG CAMPAGNE SARKO	17/02/2012	17/04/2012	14 601,30	16/03/2012
1202062	29/02/2012	METING ANNECY	16/02/2012	16/02/2012	38 008,73	16/03/2012
1203006	05/03/2012	METING BORDEAUX	02/03/2012	03/03/2012	97 402,04	06/04/2012
1203062	31/03/2012	METING ST JUST ST LAMBERT	07/03/2012	08/03/2012	55 312,20	06/04/2012
1203063	31/03/2012	METING RECY	14/03/2012	15/03/2012	44 077,02	07/05/2012
1203064	31/03/2012	METING DE MEAUX	15/03/2012	16/03/2012	31 514,40	07/05/2012
1203065	31/03/2012	MEETING LYON	16/03/2012	17/03/2012	92 670,44	06/04/2012
1203066	31/03/2012	MEETING STRASBOURG	21/03/2012	22/03/2012	94 257,04	07/05/2012
1203067	31/03/2012	MEETING RUEIL MALMAISON	23/03/2012	24/02/2012	33 938,40	07/05/2012
1203068	31/03/2012	MEETING ORMES	25/03/2012	26/03/2012	58 851,40	07/05/2012
1203069	31/03/2012	MEETING NANTES	26/03/2012	27/03/2012	94 057,04	06/04/2012
1203070	31/03/2012	MEETING MAUREPAS	27/03/2012	28/03/2012	37 244,40	07/05/2012
1203071	31/03/2012	MEETING NIMES	28/03/2012	29/03/2012	46 513,40	07/05/2012
1203072	31/03/2012	MEETING BESANCON	29/03/2012	30/03/2012	45 017,40	07/05/2012
1203073	31/03/2012	MEETING PORTE DE VERSAILLES	30/03/2012	31/03/2012	118 258,70	07/05/2012
1204012	05/04/2012	MEETING NANCY	01/04/2012	02/04/2012	95 017,04	07/05/2012
1204016	10/04/2012	MEETING ILE DE LA REUNION	02/04/2012	04/04/2012	31 624,00	07/05/2012
1204017	10/04/2012	CONFERENCE PRESSE SALLE EQUINOXE	04/04/2012	05/04/2012	22 703,00	07/05/2012
1204026	16/04/2012	MEETING SAINT RAPHAEL	06/04/2012	07/04/2012	48 567,90	07/05/2012
1204027	16/04/2012	MEETING CAEN	05/04/2012	06/04/2012	94 843,04	07/05/2012
1204046	27/04/2012	MEETING PARIS MUTUALITE	11/04/2012	12/04/2012	21 971,80	07/05/2012
1204047	27/04/2012	MEETING SAINT BRICE SOSU FORET	11/04/2012	12/04/2012	39 785,90	07/05/2012
1204048	27/04/2012	MEETING PERPIGNAN	13/04/2012	14/04/2012	47 811,40	06/06/2012
1204049	30/04/2012	MEETING AJACCIO	12/04/2012	13/04/2012	65 129,40	06/06/2012
1204050	30/04/2012	MEETING POITIER	15/04/2012	16/04/2012	46 516,40	06/06/2012
1204051	30/04/2012	MEETING PLACE DE LA CONCORDE	14/04/2012	15/04/2012	32 300,00	06/06/2012
1204052	30/04/2012	MEETING MORLAIX	16/04/2012	17/04/2012	50 703,40	06/06/2012
1204053	30/04/2012	MEETING ARRAS	17/04/2012	18/04/2012	46 916,40	06/06/2012
1204054	30/04/2012	MEETING MUTUALITE	21/04/2012	22/04/2012	42 863,80	30/07/2012
1204055	30/04/2012	MEETING ST CYR SUR LOIRE	22/04/2012	23/04/2012	47 101,20	30/07/2012
1204056	30/04/2012	MEETING LONGJUMEAU	23/04/2012	24/04/2012	43 178,80	30/07/2012
1204057	30/04/2012	MEETING CERNAY	24/04/2012	25/04/2012	49 425,20	06/06/2012
1204060	30/04/2012	MEETING LE RAINCY	25/04/2012	26/04/2012	43 459,80	30/07/2012
1204061	30/04/2012	MEETING DIJON	26/04/2012	27/04/2012	46 625,20	30/07/2012
1204062	30/04/2012	MEETING TOULOUSE	28/04/2012	29/04/2012	92 771,13	06/06/2012
1204063	30/04/2012	MEETING CLERMOND FERRAND	27/04/2012	28/04/2012	100 415,60	30/07/2012
1204064	30/04/2012	MEETING AVIGNON	29/04/2012	30/04/2012	48 363,20	30/07/2012
1204065	30/04/2012	MEETING TROCADERO	01/05/2012	01/05/2012	2 407,00	30/07/2012
1204066	30/04/2012	MEETING SALLE GAVEAU	13/04/2012	14/04/2012	11 846,00	06/06/2012
1205006	09/05/2012	MEETING TOULON	02/05/2012	03/05/2012	124 217,40	30/07/2012
1205007	09/05/2012	MEETING LES SABLE D'OLONNE	03/05/2012	04/05/2012	49 779,20	30/07/2012
1205008	09/05/2012	SOIREE 2EME TOUR	05/05/2012	07/05/2012	59 121,80	30/07/2012
1205035	22/05/2012	CAPTATION ET DIFFUSION 6 VILLES	28/04/2012	29/04/2012	204 995,18	30/07/2012
1205051	31/05/2012	MEETING NICE	19/04/2012	20/04/2012	124 444,60	06/06/2012
1205052	31/05/2012	MEETING SAINT MAURICE	18/04/2012	19/04/2012	43 447,90	06/06/2012
					3 169 592,46	

Annexe 19

EVENT & cie AGENCE PUBLICS

COUTS GLOBAUX AU 27 avril 2012 REPARTITION FINALE
CONFIDENTIEL
La CONCORDE

27 avril 2012

	Total	Agence Publics	Event & Cie
ACHATS HT	1 742 410,80 €	789 835,85 €	952 574,95 €
VENTE HT	2 470 726,68 €	PV AP	PV E & C
		900 501,67 €	1 570 225,01 €
MARGE	728 315,88 €	110 665,82 €	617 650,06 €
POURCENTAGE	29,48%		

DIFFERENTIEL INTERENTREPRISE
-506 984,24 €
Soit refacturation
-253 492,12 €

Annexe 20

PERSONNEL CONCORDE

	Prénom	Nom	Job	Durée	Nbr Jo.	Jours à	de h/jour	Cachet	Cout HT	Cout HT Total
Agence Public	[redacted]	[redacted]	Directeur Technique		10				950€	9 500€
Agence Public	[redacted]	[redacted]	Directeur Technique / Frais divers/ Tirages		1				500€	500€
Agence Public	[redacted]	[redacted]	Renfort Production /gestion des flux		4				550€	2 200€
Agence Public	[redacted]	[redacted]	Runner		1				1 400€	1 400€
	[redacted]	[redacted]	Regisseur de flux		1				380€	380€
Agence Public	[redacted]	[redacted]	Régisseur espace scénique		7				3 750€	3 750€
Agence Public	[redacted]	[redacted]	Régisseur village de production		7				3 750€	3 750€
Event &cie	[redacted]	[redacted]	Directeur de production		7				450€	3 150€
	[redacted]	[redacted]	Voix off		1				500€	500€
Event &cie	[redacted]	[redacted]	Maquilleuse		1				350€	350€
Event &cie	[redacted]	[redacted]	Directeur photo		1				4 950€	4 950€
Event &cie	[redacted]	[redacted]	Réalisateur		1				4 500€	4500

Total estimatif facture Agence Publics : 21 480€

Total estimatif facture Event & Cie : 13 460€

	Prénom	Nom	Job	Durée	Nbr Jo.	Jours à	de h/jour	Cachet	Cout HT	Cout HT Total
Event &cie	[redacted]	[redacted]	Production	'	15		'	250€	448€	8 500€
Event &cie	[redacted]	[redacted]	Production	'	9		'	250€	448€	3 950€
Event &cie	[redacted]	[redacted]	Production	'	7		'	230€	412€	2 830€
Event &cie	[redacted]	[redacted]	Topage - Provision	'	2		'	305€	546€	1 080€
Event &cie	[redacted]	[redacted]	Assitant sur site / Logistique	'	4		'	230€	412€	1 620€
Event & cie	[redacted]	[redacted]	Régisseur général	'	5			400€	716€	3 590€
Event & cie	[redacted]	[redacted]	Adjoint du Régisseur général	'	5		'	305€	546€	2 790€
Event & cie	[redacted]	[redacted]	Régisseur général adjoint	'	7		'	400€	716€	5 030€
Event & cie	[redacted]	[redacted]	Adjoint du Régisseur général adjoint	'	8		'	300€	548€	4 790€
Event & cie	[redacted]	[redacted]	Régisseur de Nuit	'	6		'	320€	573€	3 450€
Event & cie	[redacted]	[redacted]	Regisseur Cars Sat	'	2		'	320€	573€	1 150€
Event & cie	[redacted]	[redacted]	Régisseur Zone Obelisque	'	1		'	250€	448€	440€
Event & cie	[redacted]	[redacted]	Régisseur Extérieure	'	1		'	320€	573€	580€
Event & cie	[redacted]	[redacted]	Régisseur Barrière et Heras	'	6		'	250€	448€	2 630€
Event & cie	[redacted]	[redacted]	Assitant Régisseur Barrière et Heras	'	4		'	200€	358€	1 420€
Event & cie	[redacted]	[redacted]	Carriste	'	7		'	180€	286€	2 000€
Event & cie	[redacted]	[redacted]	Regisseur Presse	'	2		'	300€	537€	1 080€
Event & cie	[redacted]	[redacted]	Régisseur plateau	'	2		'	300€	537€	1 080€
Event & cie	[redacted]	[redacted]	Regisseur en spare	'	3		'	300€	537€	1 620€
Event & cie	[redacted]	[redacted]	Renfort Barrieres demontage	'	1		'	250€	440€	440€
Event & cie	[redacted]	[redacted]	Regisseur entrees techniques	'	1		'	200€	360€	360€
Event & cie	[redacted]	[redacted]	Room Monitors	'	1		'	220€	389€	390€
Event & cie	[redacted]	[redacted]	Room Monitors	'	1		'	220€	389€	390€
Event & cie	[redacted]	[redacted]	Room Monitors	'	1		'	220€	389€	390€
Event & cie	[redacted]	[redacted]	Room Monitors	'	1		'	220€	389€	390€
Agence Public	[redacted]		Room Monitors		6				309€	1 854€
Agence Public	[redacted]	[redacted]	Room Monitors		1				309€	309€
Agence Public	[redacted]	[redacted]	Room Monitors		1				309€	309€
Agence Public	[redacted]	[redacted]	Room Monitors		1				309€	309€
Agence Public	[redacted]	[redacted]	Room Monitors		1				323€	323€

TOTAL BO	**49 990€**
TOTAL AP	**3 104€**
TOTAL GENERAL PERSONNEL	**86 024€**

Annexe 21

TYPE	ENTITE / SERVICE	FONCTION	Agence	Prix	Etat	Note
PRESTATAIRE	Phiappa Line	Mobilier	Agence Publics	102 244,68 €		•
	TRACING EVENT	Tracage des points	Agence Publics	1 625,00 €		•
PRESTATAIRE	TOUT TERRAIN	Signalétique	Agence Publics	1 650,00 €		•
PRESTATAIRE	[redacted]	photographe	Agence Publics	800,00 €		•
PRESTATAIRE	[redacted]	photographe	Agence Publics	456,65 €		•
PRESTATAIRE	[redacted]	Comptes personne	Agence Publics	250,84 €		•
PRESTATAIRE	Dépenses achats runner	Essence , table regie	Agence Publics	1 997,00 €		•
PRESTATAIRE	INTERSELEC	Papetterie, bureautique	Agence Publics	500,00 €		•
PRESTATAIRE	IES SECURITE	Gardiennage Zones techniques	Agence Publics	81 516,00 €		
PRESTATAIRE	CHAPITEAUX DE PARIS	Complements structures et mobilier	Agence Publics	141 409,00 €		
PRESTATAIRE	LUMIERE ET SON	Distri fibre opt(images, son, data)	Agence Publics	204 500,00 €		
PRESTATAIRE	TCV	Captation, montagedu Making of	Agence Publics	36 000,00 €		
PRESTATAIRE	TCV	trans sat moyens techniques,plasma	Agence Publics	136 575,00 €		
PRESTATAIRE	LA TABLE EST MISE	Catering	Agence Publics	25 214,95 €		•
PRESTATAIRE	REFLEXION CREATIVE	Roughs	Agence Publics	750,00 €		•
PRESTATAIRE	EUROMEDIA	making Off	Agence Publics	0,00 €		
PRESTATAIRE	A & CO	Captation Dir production	Agence Publics	11 500,00 €		•
PRESTATAIRE	[redacted]	[redacted]	Agence Publics	1 006,97 €		•
PRESTATAIRE	Toilettes pour le Public	Sillage	Agence Publics	5 400,00 €		•
PRESTATAIRE	UCD	Heras / Vauban / Habillage	Agence Publics	7 280,00 €		•
PRESTATAIRE	AP	Infographie	Agence Publics	600,00 €		•
PRESTATAIRE	Notes de frais		Agence Publics	854,26 €		•
PRESTATAIRE	ALERTE SECURITE PRIVEE	Maitre chien	Agence Publics	301,50 €		•
PRESTATAIRE	J MILLET SAS	Bouteilles d'eau 10000	Agence Publics	2 820,00 €		•
PRESTATAIRE	ADELYO	Talkies	Event & Cie	3 071,40 €		•
PRESTATAIRE	Aggreko	Groupes electrogenes	Event & Cie	55 845,00 €		•
						•
PRESTATAIRE	EUROMEDIA	Captation	Event & Cie	61 048,00 €		•
PRESTATAIRE	Jaulin	Bâtiment et Structures	Event & Cie	112 006,62 €		•
PRESTATAIRE	A AND CO	Captation Dir production	Event & Cie	7 500,00 €		•
PRESTATAIRE	Ville de Paris	Dèpose et pose Mobilier Urbain	Event & Cie	10 120,00 €		•
PRESTATAIRE	Coté jardin	Deco espace Scénique	Event & Cie	55 465,00 €		•
PRESTATAIRE	Ramdam	Roads / Régie uniquement	Event & Cie	20 094,00 €		•
PRESTATAIRE	FAE	Road Technique - FL structure -	Event & Cie	28 503,00 €		•
PRESTATAIRE	Men at Work	Road Match Event	Event & Cie	18 608,84 €		•
PRESTATAIRE	LA TABLE EST MISE	Catering	Event & Cie	16 884,43 €		•
PRESTATAIRE	Hotesses de France	Hotesses	Event & Cie	5 330,00 €		•
PRESTATAIRE	ROT Extincteurs	Extincteurs	Event & Cie	1 836,00 €		•
PRESTATAIRE	INSTANTANNE	Totems Signa	Event & Cie	17 500,00 €		•
PRESTATAIRE	MAORI	Securité Exploitation	Event & Cie	74 064,79 €		•
PRESTATAIRE	TOTAL REGIE	Ventousage	Event & Cie	750,00 €		•
PRESTATAIRE	TOTAL REGIE	Cone	Event & Cie	290,00 €		•

TOTAL AP
765 251,85 €

TOTAL A & C
889 134,95 €

TOTAL GENERAL

1 654 386,80 €

TYPE	ENTITE / SERVICE	FONCTION	Agence	Prix	Etat	Note
PRESTATAIRE	ADELYO	Intercom	Event & Cie	5 800,00 €		
PRESTATAIRE	Lumison	Remorque Vidéo	Event & Cie	16 928,90 €		
PRESTATAIRE	LOXAM	Engins de levage	Event & Cie	555,20 €		
PRESTATAIRE	LOXAM	Algeco	Event & Cie	280,00 €		
PRESTATAIRE	LOXAM	Engins de levage	Event & Cie	281,00 €		
PRESTATAIRE	LOXAM	Engins de levage	Event & Cie	1 229,50 €		
PRESTATAIRE	LOXAM	Engins de levage	Event & Cie	377,76 €		
PRESTATAIRE	LOXAM	Engins de levage	Event & Cie	3 631,79 €		
PRESTATAIRE	LOXAM	Engins de levage	Event & Cie	2 240,69 €		
PRESTATAIRE	LOXAM	Engins de levage	Event & Cie	1 915,64 €		
PRESTATAIRE	LOXAM	Engins de levage	Event & Cie	2 925,12 €		
PRESTATAIRE	LOXAM	Refueling cuves	Event & Cie	985,50 €		
PRESTATAIRE	LOXAM	Nacelle 60m	Event & Cie	3 660,00 €		
PRESTATAIRE	LOXAM	Engins de levage	Event & Cie	2 076,60 €		
PRESTATAIRE	TRACING EVENT	Tracage des points	Event & Cie	1 625,00 €		
PRESTATAIRE	TOUT TERRAIN	Signalétique	Event & Cie	1 650,00 €		
PRESTATAIRE	FL STRUCTURE	Structure	Event & Cie	57 000,00 €		
PRESTATAIRE	LENI	Vidéo	Event & Cie	32 300,00 €		
PRESTATAIRE	LENI	Informatique	Event & Cie	1 818,20 €		
PRESTATAIRE	LENI	Informatique	Event & Cie	4 292,68 €		
PRESTATAIRE	MATCHEVENT	Son lumière	Event & Cie	142 000,00 €		
PRESTATAIRE	SILLAGE	Toilettes public	Event & Cie	6 850,00 €		
PRESTATAIRE	VIEW ON	Streaming	Event & Cie	2 470,50 €		
PRESTATAIRE	ALTO	Traduction	Event & Cie	3 780,00 €		
PRESTATAIRE	Paris drapeaux	Drapeaux	Event & Cie	1 060,00 €		
PRESTATAIRE	AUVER PRIME	Drapeaux	Event & Cie	11 082,24 €		
PRESTATAIRE	ORANGE	Internet	Event & Cie	13 696,54 €		
PRESTATAIRE	UBICUS DDM	Badges	Event & Cie	3 974,80 €		
PRESTATAIRE	[redacted]	photographe	Event & Cie	500,00 €		
PRESTATAIRE	[redacted]	Photographie Bache	Event & Cie	1 200,00 €		
PRESTATAIRE	RAYNIER ET MARCHETTI	Traiteur VIP Presse et PR	Event & Cie	7 000,00 €		
PRESTATAIRE	UCD	Heras / Vauban / Habillage	Event & Cie	9 920,00 €		
PRESTATAIRE	Protection Civile de Paris	Secours	Event & Cie	9 875,00 €		
PRESTATAIRE	[redacted]	Sécurité Incendie	Event & Cie	3 000,00 €		
PRESTATAIRE	SYSTEME RISP	Velotypie	Event & Cie	2 550,00 €		
PRESTATAIRE	[redacted]	PPSPS	Event & Cie	1 380,35 €		
PRESTATAIRE	OVERTIME	Ballons héliums	Event & Cie	9 910,00 €		
PRESTATAIRE	GOODICOM	Coupe vents Personnel	Event & Cie	2 612,50 €		
PRESTATAIRE	ZERO 1	Crash Barrières	Event & Cie	6 000,00 €		
PRESTATAIRE	MILLENIUM	Ménage backstage	Event & Cie	2 945,00 €		
PRESTATAIRE	SIGN	Baches UMP	Event & Cie	5 415,00 €		
PRESTATAIRE	PROPRETE DE PARIS	Menage site Bennes	Event & Cie	8 745,76 €		
PRESTATAIRE	PROPRETE DE PARIS	Nettoyage TAGS	Event & Cie	2 676,60 €		

0,00 €

1 654 386,80 €

Table

Cet ouvrage a été composé
par Nord Compo à Villeneuve-d'Ascq
et achevé d'imprimer en France
par CPI Brodard et Taupin
à La Flèche (Sarthe)
pour le compte des Éditions Stock
31, rue de Fleurus, 75006 Paris
en novembre 2014

PAPIER À BASE DE
FIBRES CERTIFIÉES

Stock s'engage pour
l'environnement en réduisant
l'empreinte carbone de ses livres.
Celle de cet exemplaire est de :
750 g éq. CO_2
Rendez-vous sur
www.editions-stock-durable.fr

Imprimé en France

Dépôt légal : octobre 2014
N° d'édition : 03 – N° d'impression : 3007902
73-07-6674/2